나 는——
꿈 을—— 코 딩——
합니다——

나는 꿈을 코딩 합니다

시각장애인 개발자 서인호의 세계를 향한 도전

서인호 지음

문학동네

차례

3부
저도 장애는 처음이라

당신에게 보여주고 싶은 세계

2003년 초 어느 날, 나는 말 그대로 눈에 뵈는 게 없는 사람이 되었다. 여덟 살 때였고, 실명 원인은 선천적 녹내장의 합병증으로 인한 망막박리였다. 좀더 정확히 말하면 망막박리 치료를 위해 받은 수술 때문이었다. 수술 전에도 녹내장과 망막박리로 인해 시력이 좋지는 않았지만, 수술실에 들어가기 전에는 적어도 병실을 뛰어다닐 때 앞을 분간할 만큼의 시력은 남아 있었다. 하지만 수술 이후 더이상 내 앞에 뭐가 있는지 눈으로 볼 수가 없었다. 그 수술실에서 무슨 일이 있었는지는 지금도 모른다. 중요한 건 갑작스럽게 내가 실명했다는 사실, 그리고 조금이라도 보이는 일상과 아무것도 안 보이는 일상이 같을 수는 없다는 현실이었다.

당장 혼자 할 수 있는 일이 아무것도 없었다. 동네 유치원 친구들과 놀러 나갈 수도, 좋아했던 오락이나 컴퓨터 게임을 할 수도 없었다. 단골 오락실이나 피시방도 못 가고 혼자 집을 지키는 시간이 늘어났다. 하루 종일 TV를 켜두고 〈유희왕〉 〈탑블레이드〉 같은 만화를 들었다. 시계를 보고 시간을 알 수는 없었지만 TV에서 나오는 만화 소리를 듣고 몇시인지 알았다. 그렇게 내 어린 시절은 눈이 아닌 귀로, 몸으로 세상을 익히는 방식으로 바뀌었다.

나의 실명은 나만의 문제가 아니었다. 우리 가족 모두가 영향을 받았다. 실명 전에는 가족 여행을 비교적 자주 다녔는데 그후로는 가지 못했고, 가족사진을 찍을 일도 없어졌다. 엄마는 나를 돌보기 위해 당신의 삶을 포기해야 했다. 형은 학교 친구들에게 동생이 괴물 같다며 놀림을 당했다.

그렇지만 내 인생이 거기에서 끝난 것은 아니었다. 눈에 뵈는 것은 없었지만 내게 주어진 삶을 살아내야 했다. 나만의 눈으로 세상을 바라보고 세상과 부딪히고 한 걸음씩 세상 밖으로 나왔다. 그리고 현재는 한 외국계 인터넷 검색업체에서 개발자로 일하고 있다. 이 책은 그렇게 내가 살아온, 누군가에게는 친숙할, 누군가에게는 조금 낯설 이야기다. 고등학교 입시와 대학 입시를 거쳐 취업전선에 뛰어들기까지, 한국 사회에서 성장한 많은 사람들이 겪는 과정이 눈이 안 보이는 사람에게는 어떻게 다가오는지, 당신에게 들려주고 보여주고 싶은 또다른 세계에 관한 이야기다.

1부 눈이 안 보이는 소프트웨어 엔지니어

오늘은 세 명을 자빠뜨렸다

강남역 신분당선과 2호선 사이 환승 통로는 꽤 길다. 벌써 2년 넘게 출퇴근길로 오가는 나로서는 눈을 감고 다닐 수 있을 만큼 익숙한데, 사실 나는 어디든 눈을 감고 다닌다. 이 통로를 걷다보면 마주 오는 사람이나 나를 앞질러 가려던 사람이 내 얇고 긴 흰지팡이에 걸려 엎어질 때가 가끔 있다. 무릎부터 바닥에 닿아 꽈당 하고 넘어지는 게 아니라 상체가 바닥에 먼저 닿도록 무너지듯 쓰러져 그야말로 엎어져버린다. 넘어지는 소리가 굉장히 요란하게 들릴 때도 있고 연세가 지긋하신 어르신들인 경우도 있어서 죄송하기도 하고 괜찮으신지 걱정도 된다.

이런 일은 보통 한 달에 한두 번 정도 벌어진다. 그런데 오늘은 강남역 환승통로에서 두 명, 역삼역에서 한 명, 총 세 명을 엎어뜨렸다. 나는 그저 길을 가고 있었을 뿐이지만 길고 얇은 내 흰지팡이가 누군가의 다리 사이로 들어가서 그가 걸려 넘어지게 만든 것이다. 의도한 일은 전혀 아니었지만 왜 이런 일이 계속 벌어지는지 점검해볼 필요가 있었다.

내 지팡이에 걸려 사람들이 넘어지는 일, 방지하고 싶지만 쉽지 않은 그 일에 대해 고민해보게 됐다. 만약 내 지팡이에 걸려 넘어진 사람이 크게 다친다면 과연 누구의 책임일까?

1. 내 책임이다. 보이지도 않으면서 집밖으로 나와서 사람들에게 피해를 입혔기 때문에.

2. 넘어진 사람 책임이다. 잠재적 사고 위험이 있는 인구 밀집 지역으로 다녔기 때문이다. 강남역 내의 인구 밀집도를 정확히는 모르지만 모두가 공감할 만큼 혼잡하다.

3. 내 책임이다. 지팡이질을 올바른 방법으로 하지 않았기 때문이다.

4. 넘어진 사람 책임이다. 지팡이를 못 봤거나 보고도 못 피했기 때문이다.

5. 내 잘못이다. 눈도 안 보이면서 안내인이나 역무원 같은 보

조 인력에게 도움을 받지 않고 혼자 걸어다녔기 때문이나.

6. 국가나 서울시 책임이다. 출퇴근하는 시민의 안전을 어떤
   이유로든 지키지 못했기 때문이다.

7. 기타.

교과서에 나올 법한 딜레마 상황에 대한 이야기지만 내
입장에서는 가끔 진지하게 고민해야 할 현실적인 문제다.

좌충우돌
취업준비기

내가 본격적으로 취업준비를 시작한 건 대학 4학년 되던 해부터였다. 3학년 때부터 가능성을 열어두고 다양한 직무로 지원을 해본 뒤 최종적으로 소프트웨어 개발로 직무를 고정했다. 직무별로 다른 내용의 지원서를 쓰느라 시간을 소모하기보다는 그나마 승률이 괜찮았던 소프트웨어 개발 쪽에 집중하기로 했다. 혹시 직무를 이동할 경우, 개발 직무에서 비개발 직무로 옮기는 편이 상대적으로 수월하다는 현직자 선배들의 이야기도 참고해 내린 결정이었다. 일단 외국계 기업을 최우선으로 생각하고 해외 지사가 있는 한국 기업, 그리고 한국 IT 기업 순으로 우선순위를 정해서 한 곳씩 입사 지원을 해나갔다.

채용 전형 도중 또는 각종 취업설명회 행사 등에서 적지 않은 회사의 인사 담당자들을 만났다. 눈이 보이지 않는 나를 직접 마주한 인사 담당자들은 난처해했다. 장애인 지원자가 그동안 전혀 없었던 건 아니지만 나처럼 전혀 보지 못하고 점 자를 사용하는 중증장애인은 처음 만난다고 했다. 안 보이는 데 어떻게 코딩을 하겠느냐며 가장 기초적인 질문을 꺼내는 사람부터 시각장애인은 채용할 생각이 없다며 대놓고 거절하는 사람까지 다양한 반응이 돌아왔다.

처음에는 그런 사람들을 말로 설득해보려고 했다. 하지만 백 마디 말보다 코딩하는 모습을 한 번 보여주는 게 훨씬 효과적이라는 사실을 곧 깨달았다. 이후부터는 노트북을 꺼내 앉은자리에서 즉석으로 구구단 프로그램이라도 직접 코딩하는 걸 보여줬다. 그 모습을 보고도 시각장애인이 어떻게 개발을 하겠냐고 말하거나 입사 지원 기회를 주지 않겠다는 태도를 유지하면 더는 설득하지 않았다. 답을 미리 정해놓고 바꿀 생각이 없는 사람들을 상대하느라 심력을 소모하고 싶지 않았다. 그런 회사는 설사 합격하더라도 오래 다니기 힘들 것이라는 생각도 들었다.

꽤나 많은 회사에 이력서를 냈다. 그리고 매일 여덟 시간

이상 도서관이나 스터디카페에서 혼자 코딩 알고리즘 문제를 풀며 시간을 보냈다. 독서실처럼 조용한 장소에서 각 잡고 공부한 건 대학 입시를 준비하던 고등학교 3학년 시절 이후로 처음이었다. 하루에 많으면 여덟 문제를 풀었지만 문제 난이도에 따라 간신히 두세 문제만 푸는 날도 있었다.

다행이라고 해야 할지 내가 본격적인 취준생 생활을 하던 2020년에 코로나19 팬데믹이 터졌다. 대학 수업이 모두 온라인 비대면 강의로 전환되었기 때문에 한 번 도서관에 자리를 잡으면 그 자리에서 수업도 듣고 공부도 할 수 있었다. 대부분의 회사들이 입사 전형을 온라인 비대면 방식으로 전환한 것도 호재였다. 물어 물어 낯선 시험 장소를 찾아가고 시험장에 도착해서는 컴퓨터에 스크린리더(화면낭독 프로그램)부터 설치해야만 하는 내 입장에서는 원래 쓰던 컴퓨터로 시험을 볼 수 있는 상황이 오히려 다행스러웠다. 어쨌든 부담이 하나는 줄어드니 말이다.

열심히 준비했지만 여느 취업준비생과 마찬가지로 받은 메일함에는 불합격 통지 메일이 차곡차곡 쌓였다. 하도 많이 떨어지다보니 제목만 보고도 합격인지 불합격인지 대충 감이 왔다.

거듭 고배를 마신 내게 주변에서는 한국 사회가 아직 장애인과 함께 일할 준비가 안 된 거라고들 말했다. 위로는 감사했지만 그렇게 생각하고 싶지는 않았다. 그 말이 사실이라면 아직 준비되지 않은 한국 사회에서 장애인인 내가 할 수 있는 일은 아무것도 없다는 의미였기 때문이다. 그렇다면 준비되지 않은 사회부터 바꾸거나 한국을 떠나야 한다는 생각이 들었다. 만약 둘 중 하나를 선택해야 한다면 현실적으로 한국을 뜨는 것밖에는 방법이 없을 터였다. 언제까지나 취준생으로 지낼 수는 없었기에 취업준비 기간을 최대 2년으로 잡고 그때까지 취직이 안 되면 유학 이민을 갈 생각까지 했다. 이민 상담도 받아봤지만 일단 최소 2년 동안은 취준 생활에 최선을 다하고 싶었다.

정말 한국을 떠나려면 내가 취직을 못 하는 게 오직 내 장애 때문이라는 확신을 얻어야 했다. 하지만 내가 장애인이라서 불합격했다기에는 비장애인인 주변 친구들의 취준 성적도 나와 별반 다르지 않았다. 내가 다른 친구들보다 더 많이 지원서를 쓴 것도 아니었다. 장애 때문에 탈락했다는 가능성을 우선은 배제하고 불합격 이유를 객관적으로 분석하고 보완해야 했다. 불합격 통보 메일을 받으면 어느 부분이 부족했는지를 알려달라고 회신을 보냈다. 물론 모든 회사 담당자가 답신을 보내주지는 않았지만 다행히 간혹 답을 해주는 곳이 있었

다. 그런 곳에서 받은 피드백을 토대로 다음 입사 시험을 준비
하는 데 도움을 얻을 수 있었다.

나는 구글
삼수생이다

본격적으로 취준생 생활을 시작한 지 1년쯤 되었을 무렵, 운좋게 구글 리서치에서 인공지능 소프트웨어 보안 기술을 연구, 개발하는 팀의 소프트웨어 엔지니어링 인턴에 합격했다. 평가에 따라서 정규직으로 전환도 가능한 채용형 인턴 자리였다. 인턴직이긴 했지만 개발자로서의 커리어를 구글에서, 그것도 주로 박사급 인력이 모이지 않을까 했던 리서치 부문에서 시작하다니 생각도 못한 일이었다.

그리고 일을 시작해보니 그 예상은 대부분 사실이었다. 내가 구글 리서치에서 일하면서 만난 사람들은 거의 대부분 척척박사님들이었고, 서울, 런던, 뉴욕, 시애틀, 실리콘밸리 등 전 세계 각지의 사람들과 협업을 했다. 인턴으로서 나의 역할은 충분한 연구를 거쳐 그 효용성이 입증된 기술을 새로운 제품에 적용하거나 아직 이론으로만 존재하는 기술을 직접 구현해내는 것이었다. 학교에서 엄청나게 어려운 전공 과목을 수강하는 것 같기도 했고 '돈 받으면서 다니는 대학원 생활인가' 싶을 정도로 많이 배울 수 있었다.

사실 나는 구글 삼수생이다. 두 번의 불합격 이후 세번째 지원에서야 면접 전형을 통과했다. 첫 지원은 취업준비 연습기간으로 설정했던 3학년 때였다. 구글에서 대학생을 대상으로 취업설명회를 진행했는데, 미리 영어 이력서를 프린트해서 챙겨 갔다. 그리고 설명회가 끝난 후 인사팀 직원에게 내 이력서를 전달했다. 채용설명회에 참여하는 학생 중 이력서를 가지고 오는 경우가 얼마나 되는지는 잘 모르겠지만 인사팀 직원 입장에서는 앞이 안 보이는 학생이 찾아와서 직접 이력서를 제출했으니 꽤 이례적인 일이었을 것 같다.

강렬한 인상을 남긴 건지 얼마 후 입사 지원 제안 메일을 받았다. 서류 전형에 합격한 뒤 면접 대상자 안내 메일이 왔는데 면접시 필요한 사항을 미리 요청 가능하다는 내용이 포함되어 있어서 인상적이었다. 모든 요청을 다 들어주는 건 아니더라도 지원자가 최대한 면접에만 집중하도록 인사팀에서 가능한 한 지원해주는구나 싶었다.

다른 회사 채용 전형에서는 접해본 적 없는 낯선 상황에 채용 담당자에게 내가 시험을 잘 볼 수 있도록 도와주는 이유가 궁금하다고 물어봤다. 그러자 "함께 동료로 일하게 될지도 모르는데 지원자가 면접 때 최대한 자기 역량을 발휘하도록 돕는 건 당연합니다. 그래야 지원자의 역량을 정확하게 평가할 수 있으니 그 방식이 공정하다고 믿습니다"라는 답이 돌아왔다. 그러면서 실제로 근무할 때도 스크린리더 등을 이용할 텐데 그렇다면 면접 때도 똑같이 진행하는 게 당연하지 않느냐는 말을 덧붙였다.

결과적으로 첫번째 지원 때는 불합격했다. 하지만 내 장애에 적절한 편의 지원을 제공해준 덕분에 불합격 이유를 장애 탓으로 돌리지 않고 내 부족한 역량에서 찾을 수 있었다. 이후 객관적으로 내가 어떤 부분이 모자란지를 돌아보고 이를 보완해 두 번 더 도전한 끝에 세번째 지원에서 마침내 합격했다. 그리고 끝날 것 같지 않던 인턴 생활을 거쳐 정규직 전환에 성공했다.

짐덩어리 팀원은
되고 싶지 않으니까

입사 초기에는 시각장애인으로서 엔지니어링 실무를 익히는 일도 중요했지만 회사라는 새 환경에 빠르게 적응해야 했다. 출근하면 적어도 내 책상까지는 혼자 찾아가야 일을 할테니 말이다. 새로운 공간, 새로운 사람 등 새로운 환경에 적응하는 일은 전반적으로 대학교에 입학했을 때와 비슷했다. 하지만 대학교에서는 필요한 경우 장애학생지원센터에서 전담 지원도 받을 수 있었고, 주변 사람들도 내가 점차 적응하게 여유를 갖고 기다려줬다면 회사에서는 그렇게까지 체계적인 지원은 기대하기 힘들었다. 다행히 내가 새로운 환경에 적응하도록 회사와 각 분야 실무자분들이 적극적으로 도와준 덕에 생각보다는 수월하게 적응할 수 있었다.

내가 회사 생활을 하기 위해 최소한 혼자 할 수 있어야 한다고 여겼던 부분은 세 가지 정도였다.

1. 어디에 뭐가 있는지 사무실 내 지형지물 및 시설 정보 파악하기. 예: 화장실, 업무 공간, 식당, 탕비실, 휴게실, 회의 공간 파악하기.
2. 구내식당에서 밥먹을 때 배식 및 자리 찾기.
3. 사내 시스템을 스크린리더로 사용하는 법 익히기. 예: 메신저, 문서, 회의실 예약, 영수증 처리, 증명서 발급 등.

사무실 안에 뭐가 어디에 있는지 정확히 알고 있어야 하는 이유는 분명했다. 내 자리를 찾아갈 때나 화장실을 갈 때마다 주변 사람들에게 도움을 요청할 수 없는 노릇이니 말이다. 각종 회의실이 어디 있는지도 파악해야 했다. 회사 내에 회의실만 수십 개인데 매번 다른 회의실에서 회의가 열렸기 때문이다. 회의실도 혼자 못 찾아가는 짐덩어리 팀원은 되고 싶지 않았다.

입사 후 얼마 지나지 않아 회사 보안팀과 사무실 공간 관리팀에서 일주일에 걸쳐 구석구석 사무실을 안내해주셨다.

그리고 사무실 곳곳에 점자 표시가 생기기 시작했다. 화장실, 회의실 이름은 물론 쓰레기통에도 캔인지 종이인지 음식물인지 알려주는 점자 표시가 생겼다. 점자 표시 작업을 진행하면서 나에게 점자가 어디에 어떤 내용으로 적혀 있으면 좋을지 의견을 묻길래 글씨가 있는 가능한 모든 곳에, 묵자(일반 인쇄물)와 같은 위치나 내 손이 제일 먼저 닿을 것 같은 위치에 만들어달라고 요청했다. 그게 정식 규정에 맞는 건지는 알 수 없었지만 당시 회사 내에 점자 사용자는 나뿐이었기 때문에 지극히 내 편의대로 하나둘 점자 표시가 진행됐다. 그 과정에서 점자를 거꾸로 붙이거나 점자에 오타가 나서 전혀 다른 의미가 될 때도 있었다. 하지만 점자 표시 덕분에 입사 후 오래 지나지 않아 혼자 회의실도 찾아다니고, 쓰레기도 제대로 분류해 버릴 수 있었다.

사무실 내 시설 위치 파악도 중요했지만, 어쩌면 그보다 더 중요한 문제는 식사를 어떻게 해결하느냐였다. 주어진 점심시간 내에 혼자 식당에 가서 음식을 주문해 먹을 수 있어야 했다. 식사 시간마다 누군가와 함께 가야 한다면 어쩔 수 없이 동행인과 시간도 조율해야 하고 때로는 식사 메뉴도 통일해야 할 테니 말이다.

우리 회사는 자율 배식 방식으로 구내식당을 운영했는데

원하는 음식을 원하는 만큼 담는 일이 나 같은 전맹 시각장애인에게는 쉽지 않았다. 어디에 어떤 음식이 있는지도 파악이 안 되고, 음식이 담긴 쟁반을 들고 다니다가 어디 부딪치기라도 하면 대형 참사가 일어날 수 있었다. 보통은 뷔페식으로 운영되는 식당에 가면 눈이 보이는 사람과 함께 다녔다. 그에게 음식에 대한 설명을 듣고 의견을 얘기해주면 내가 든 음식 쟁반에 덜어주는 식으로 이용했다. 회사에서도 나와 함께 밥은 안 먹어도 배식을 도와줄 사람이 필요했다.

구내식당 운영팀에 내가 식당에 혼자 가면 메뉴 안내와 배식, 빈자리 찾기를 도와줄 수 있을지 문의했다. 사람이 많이 몰리는 시간에는 어려울 수도 있지만 그외 시간이라면 가능하다고 긍정적인 답변이 돌아왔다. 그래서 피크 시간대를 피하는 쪽으로 식사 시간을 조율했다. 내 입장에서도 줄을 서거나 여러 사람 사이에 끼어서 쫓기듯 식사하기보다는 그 편이 더 좋았다. 배식받을 때마다 도와달라고 해야 하니 처음부터 충분히 배식받을 수 있게끔 식사량을 신경썼다. 식사를 마치면 퇴식구에 식판을 반납해야 했는데 다행히 퇴식구 위치는 늘 같았기 때문에 조심조심 길을 찾아가면 되니까 별문제가 없었다. 그렇게 회사 구내식당을 이용하는 데 익숙해지던 차에 회사 공간관리팀에서 구내식당 일부 지역에 실내 유도블록을 설치해주셨다. 식당 전체 구역은 아니었지만 그래도 양손에 식판을 들어서 흰지팡이를 못 쓰는 상황에서 발로 유도블록을 느끼고 내 위치를 파악할 수 있으니 전보다 훨씬 안정적으로 퇴식구까지 갈 수 있게 되었다.

마지막으로, 실제 업무를 위해서는 사내 시스템을 스크린리더로 사용할 수 있어야 했다. 스크린리더로 업무용 메신저를 못 쓴다거나 전문 문서를 읽지 못한다면 업무 내용을 다른 사람이 매번 따로 알려줄 수밖에 없었다. 무엇보다도 내 인사 정보에 직접 접근하지 못한다면 누군가에게 내 민감한 개인 정보를 공개할 수밖에 없었다.

스크린리더가 특정 웹사이트나 프로그램에서 텍스트를 못 읽어주는 데는 다양한 이유가 있다. 스크린리더가 해당 프로그램을 지원하지 않아서일 수도 있지만 해당 프로그램이 스크린리더로 못 읽도록 설계되어서 그럴 수도 있다. 왜인지에 따라 어떤 점을 개선해야 할지가 결정되기 때문에 만약 스크린리더로 어떤 사이트를 못 읽는다면 문제의 원인부터 찾아내야 했다.

사내 시스템을 스크린리더로 사용할 수 있는지 확인하기 위해 최신 스크린리더 사용법부터 다시 공부했다. 기존에도 스크린리더를 사용하긴 했지만 사용 범위가 제한적이라서 모든 기능을 다 파악한 건 아니었고 최신 기능도 모르는 게 많았다. 스크린리더 기능을 다시 공부했지만 이전보다 좀더 사용 범위가 넓어진 정도였다. 그래도 내가 주로 이용해야 하는 사내 시스템을 스크린리더로 사용해보고 잘 동작하지 않는 경우, 서비스 자체가 문제라면 담당자에게 개선해달라고 요청하는 식으로 적응해갔다. 몇몇 개선점이 있었지만 다행히 스크린리더를 사용하는 데 큰 불편은 없었다. 그래서 함께 일을 진행하지만 비대면으로 협업하는 경우에는 내가 시각장애인이라고 말하기 전까지는 눈치를 못 챌 정도로 업무에 적응해갔다.

중증 시각장애인이라면 어떤 회사에서 어떤 일을 하건 나와 같은 상황에 놓일 것이다. 만약 이직을 한다면 그 회사에서도 이와 비슷한 일을 한 번은 거칠 것이다. 하지만 이는 시각장애인 직원만의 문제가 아니다. 시각장애인 직원을 채용한 회사의 문제이기도 하다. 기껏 채용한 직원이 시각장애 때문에 회사에 적응하지 못하고 기대만큼의 성과를 거두지 못한다면 회사 입장에서도 그만큼 손해이기 때문이다. 시각장애인이 회사에 오기 전까지는 시각장애인 직원도, 회사도 앞으로 어떤 일이 벌어질지 예측하기 힘들다. 그러니 시각장애인 직원은 본인의 전문성을 발휘하기 위해 어떤 환경이 필요한지를 충분히 설명할 수 있어야 하고, 회사는 직원의 신체적 장애를 잣대로 섣불리 평가하지 말아야 할 것이다. 이런 의사소통이 가능하게 되면 신규 장애인 입사자는 물론 일하다 중도에 장애를 입은 경력자도 장애 때문에 커리어를 포기하지 않을 수 있다.

장애를 받아들이는
각자의 태도와 속도

2016년 2월, 12년 동안 다닌 맹학교를 드디어 졸업하고 목표했던 서강대 정치외교학과에 입학했다. 장애인이 주류인 특수학교를 다니다가 비장애인이 주류인 학교로 진학한다는 건 단순한 상급 학교로의 진학 이상을 의미했다. 주변 사람들의 인식과 태도, 생활 환경, 경제적 여건 등 사회, 경제적 면에서 모든 상황이 바뀌기 때문이다.

우선 일상적으로 접하는 주변 사람의 숫자부터가 달라졌다. 맹학교에서는 중학교 1학년부터 고등학교 3학년까지 여섯 개 학년의 학생 수를 모두 더해도 백 명이 되지 않았다. 그런데 대학교에 가보니 같은 학부에 속한 학생 수가 한 학년만 해도 백이십 명이었다. 물론 백이십 명이 한번에 어울리지는 않았고 세 그룹으로 나뉘긴 했지만 그래도 대략 사십 명의 동기들과 많은 시간을 보내야 했다. 여기에 선배들까지 더하면 학기 초에 새롭게 만난 사람이 족히 백 명은 되었다.

사람 이름을 외우는 일도 문제였지만 사람을 인식하는 일도 쉽지 않았다. 눈이 안 보이니 목소리로 사람을 구분해야 하는데 처음에는 목소리가 다 비슷하게 들렸다. 게다가 여자들 목소리는 더 분간하기가 어려웠다. A인 줄 알고 한참 대화하다가 뭔가 이상해서 물어보면 B인 경우가 종종 있었다. 한참 대화하고 돌아서서 상대가 누구였는지를 다른 사람한테 확인할 때도 있었다. 자주 어울리는 동기들 목소리를 구분하는 데도 한 달은 걸린 듯하다.

일상적으로 맞닥뜨리는 생활도 전혀 달랐다. 시각장애인 학생들을 위한 맹학교에서는 문은 미닫이문으로 설치됐고, 난간에는 점자 안내 표시가 되어 있고, 바닥에는 유도블록도 깔려 있었다. 편의를 위한 시설도 정비되어 있었지만 맹학교 교직원들이나 자원봉사자들도 대부분 시각장애인에 대한 최소한의 관심이나 정보를 가지고 있었다. 맹학교에서 일상적으로 만난 사람들은 대부분 그런 사람들이었다.

하지만 대학교에 와보니 전혀 다른 상황이 펼쳐졌다. 장애인 시설에서 봉사 활동을 해본 게 아니면 대부분의 경우는 살면서 장애인을 거의 만나본 적이 없었고 장애인을 어떻게 대해야 할지 잘 몰랐다. 동기들은 나와 어떻게 걸어야 할지 몰라서 당황했고, 선배들은 내게 술을 줘도 되는지를 두고 고민했으며, 담당 교수님들은 시각장애인 학생을 어떻게 가르쳐야 할지 고심했다. 그들에게 나는 그때까지는 한 번도 경험해본 적 없는 유형의 사람이었다. 하루이틀 보고 말 사이가 아니라 학교에서 자주 마주칠 수밖에 없는 사람이 말이다.

내가 뭘 할 수 있는지뿐 아니라 어떤 조건이 갖춰지면 가능해지는 일은 뭐가 있는지, 어떤 상황이든 불가능한 일은 무엇인지를 사람들에게 설명하거나 증명해야 했다. 몇 가지 예를 들어보자. 눈이 보이지 않아도 술을 마시는 데는 아무 문제가 없다. 낯선 장소를 혼자 걷는 일은 거의 불가능하지만 흰지팡이가 있거나 누군가가 안내 보행으로 함께 걸어준다면 걷기가 아니라 달릴 수도 있다. 음식이 나왔을 때 아무 말도 안 해주면 밥을 먹을 수가 없지만 밥과 반찬의 위치만 알려주면 대화를 나누면서 밥도 잘 먹는다. 내게는 일상적인 이런 생활 방식을 하나씩 주변 사람들에게 전달해갔다. 내가 비록 눈이 보이지 않지만 눈이 보이는 사람들과 어울리고 싶으니 나를 배제하지 말아달라는 나만의 의사표현 방법이었다.

사람들은 각자 다른 태도와 속도로 나의 장애를 받아들였다. 내가 나의 장애를 상대방에게 어떤 태도로 전달하는지, 그리고 상대가 장애에 대해 이전에 어떤 경험을 했는지에 따라 달라지는 것 같았다. 한국 사회에서 장애인은 대체로 안쓰럽고 보호해야 하는 존재로 다뤄진다. 그래서인지 장애인 앞에서 직접 장애에 대해 언급하는 걸 실례라고 생각한다. 하지만 어려운 일이라고 해서 회피하면 오해가 생긴다. 장애를 비하하거나 조롱하는 건 명백히 실례되고 비난받아 마땅한 행동이지만, 그런 의도가 아니라면 장애인 본인도, 비장애인도 장애에 대해 있는 그대로 이야기해야 비로소 관계가 시작된다.

나는 내 눈에 대해, 내 장애에 대해 가볍게 이야기하는 편이다. 내가 아무렇지 않은 듯 말하면 받아들이는 비장애인도 부담을 내려놓고 보다 편하게 나를 대하는 경우가 많았다. 나만 그렇게 느낄 수도 있지만, 처음 만난 사람에게 '시각장애인'이라고 소개할 때와 '눈이 안 보인다'고 소개할 때의 반응이 달랐다. 시각장애인이라고 소개하면 크게 당황하거나 부탁하지 않은 도움을 주려고 과하게 친절해지는 경우가 많았다. 하지만 눈이 안 보인다고 소개하면 눈이 얼마나 안 좋은지, 눈이 안 보여서 어떤 도움이 필요한지 등 눈이 안 보인다는 사실에 초점을 맞춰 반응하는 사람이 많았다. 이런 의미에서 비장애인들에게 장애인 인식 개선 교육을 하듯이 장애인들에게도 비장애인 인식 개선 교육을 진행하는 게 필요하다고 생각한다. 장애인도 비장애인과 소통하는 법을 배우면 서로 이해의 폭이 넓어지기 때문이다. 동정과 시혜적인 시선이 아니라 배려와 존중의 시선으로 바라볼 때야 비로소 관계가 한 걸음 나아갈 수 있다.

시각화에
취약한 개발자

회사 생활을 하면서 새로운 환경이나 시스템에 적응하는 것도 일이었지만 무엇보다 동료들과의 커뮤니케이션이 어려웠다. 협업을 위한 일반적인 커뮤니케이션 스킬뿐만 아니라 눈이 보이지 않아서 발생하는 커뮤니케이션 비용도 신경써야 했기 때문이다. 우선 '가독성 높이기' 문제에 익숙해져야 했다. 내가 한 일을 나만 보는 게 아니라 여러 사람이 공유하는 만큼 코드든 글이든 누구나 읽기 쉽게 쓰는 건 협업과정에서 기본 중에 기본이었다. 다행히 코드 쓰기의 경우는 어떻게 하면 가독성 높게 코드를 작성하는지 알려주는 지침서가 있어서 그걸 공부하면서 방법을 익혔다. 하지만 문서 작성의 경우에는 정해진 규칙도 없고 내가 직접 문서를 볼 수가 없기 때문에 한눈에 들어오는 문서를 만들기 위해 팀원들에게 꾸준히 조언을 구할 수밖에 없었다.

특히 다이어그램이나 차트 등 시각화 자료를 활용하는 부분이 어려웠다. 복잡한 말로 구구절절하게 설명하는 것보다 그림 하나로 내용을 축약해서 보여줄 때 의미가 효과적으로 전달될 때가 있다. 실체가 없고 개념이 추상적인 소프트웨어 개발 분야에서는 특히 그런 경향이 강한 것 같다. 수백 수천 줄의 코드로 표현된 개념을 다이어그램 하나로 정리하면 프로그램 구조 파악에 유리하기 때문이다. 개발중인 소프트웨어가 복잡할수록, 협업하는 사람이 많을수록 더욱 그렇다. 몇만 줄 이상 되는 코드를 한 줄씩 다 읽으려면 긴 시간이 걸리고 개발중인 소프트웨어에 대해 모두가 같은 수준으로 이해한다는 보장이 없기 때문이다. 따라서 짧은 시간 내에 서로가 아는 소프트웨어의 구조를 공유하고 이를 바탕으로 서로 이해하지 못한 부분을 채우고 역할 분담을 하는 게 함께 일하는 개발자들에게는 중요하다. 문제는 내가 이런 시각화에 취약하다는 사실이다.

현재 진행중인 프로젝트에 대해 어디까지 이해하고 있는지, 내가 앞으로 어떻게 개발할 계획인지를 팀원들에게 효과

적으로 공유할 줄 알아야 했다. 반대로 내가 일하게 될 소프
트웨어의 구조가 어떻게 구현되었는지, 함께 일하는 동료가
추가로 구현할 기능은 어떤 형태인지 파악해야 했다. 그래야
서로의 생각을 공유하고 논의에 참여할 수 있을 테니 말이다.

　　다이어그램을 그리기 위해 이런저런 방법을 찾다가 '그래
프비즈Graphviz'라는 프로그램을 이용해보았다. 그래프비즈
는 그림에 대한 설명을 텍스트로 입력하면 그 그림을 구현해
주는 프로그램이다. 다음은 그래프비즈로 그림을 그리기 위
한 텍스트와 생성된 그림 예제이다.

```
digraph "example" {
a [label="start"];
b [label="second"];
c [label="last"];
a -> b;
a -> c;
b -> c;
}
```

　　예시에서처럼 그리고자 하는 점과 선에 대한 묘사를 정해

진 스크립트로 작성하면 그래프비즈를 통해 그림이 생성된다. 각 점의 위치를 구체적으로 지정하기는 어려워서 100퍼센트 원하는 모양대로 그림을 그릴 수는 없지만 시각장애인인 내 입장에서 머릿속 구조도를 시각화해 비시각장애인 동료들에게 공유하기에는 충분히 유용하다. 마찬가지로 그래프비즈로 생성된 이미지의 원본 스크립트가 있으면 나도 그 그림을 어느 정도 파악할 수 있다.

시각화 문제 외에도 사전에 공유되지 않은 자료가 회의 도중 등장한다거나 회의 자료를 스크린리더로 들으면서 사람들과 논의를 진행하고 동시에 미팅 노트까지 적어야 하는 등의 상황에는 차츰 적응해가고 있다.

좋은 소프트웨어 엔지니어가 되기 위한 역량과 방법을 알려주는 수많은 전문가가 있다. 나는 아직은 전문가라고는 할 수 없는 수준이다. 좋은 소프트웨어 엔지니어가 되기 위해 스스로 질문하고 답을 찾아가는 과정에 있다. 직접 경험해보니 소프트웨어 개발 업무는 설계, 구현, 유지 보수의 연속이다. 그리고 이 과정에서 꼭 필요한 능력이 '문제 해결 능력'과 '커뮤니케이션 능력'이라고 생각한다. 설계 단계에서 풀고자 하는 문제를 파악하고 그 해결 방법을 주요 이해관계자와 협의한다. 그리고 이를 토대로 설계한 기능을 실제로 개발한 뒤 여기서 예상치 못한 오류를 바로잡는다. 이러한 일련의 과정에서 결국 코어 역량은 문제 해결력이다. 시각장애인이라고 해서 그 필요 역량이 다르지는 않을 것이다. 그런 역량을 키우는 방법이 조금 다를 뿐이다. 내가 얼마나 소프트웨어 엔지니어로 더 성장할지, 얼마나 오래 현업에서 일할 수 있을지 아직은 잘 모르겠다. 하지만 시각장애인들이 어떻게 하면 보다 효과적인 방법으로 소프트웨어 엔지니어로서 필요한 역량을 기를 수 있을지 고민해보고 기회가 닿는 대로 노하우를 나누고 싶다.

보이지 않아도
코딩을 할 수 있을까?

소프트웨어 개발 일을 한다고 말하면 '보이지 않는데 어떻게 코딩을 하는지'를 가장 궁금해한다. 대학생 시절 컴퓨터 공학을 전공하겠다고 결심했을 때부터 현업 개발자로 일하는 지금까지 변함없이 따라붙는 질문이다. 처음에는 "나도 몰라"라고 답했지만 이제는 "글 쓰듯이 해"라고 대답한다.

코딩은 글쓰기와 비슷하다. 독자가 사람이 아닌 컴퓨터이므로 사람의 언어가 아니라 컴퓨터가 이해하는 언어로 써야 한다는 점이 다를 뿐이다. 사실 컴퓨터가 읽는 언어를 사람이 직접 쓰기는 어렵다. 컴퓨터는 0과 1만 이해할 수 있기 때문이다. 그래서 컴파일러compiler 또는 인터프리터interpreter라는, 사람의 언어를 컴퓨터의 언어로 바꿔주는 일종의 번역기가 만들어졌다. 그 덕분에 사람들은 워드 문서에 텍스트로 일기를 적듯이 컴퓨터가 이해할 수 있는 글을 쉽게 쓸 수 있게 됐다. 그리고 텍스트를 읽어주는 TTSText to Speech 프로그램 또는 스크린리더가 컴퓨터에 설치돼 있으면 눈이 안 보여도 그 음성을 듣고 글을 쓰는 데도 문제가 없다. 다만, 컴파일러나 인터프리터 같은 프로그램이 사람의 언어를 잘 번역하게끔 정해진 문법에 따라 글을 적어야 한다. 그러니까 코딩 자체는 '논리적 글쓰기'에 가깝다.

물론 어휘를 하나하나 이해하고 사용하려면 컴퓨터가 어떻게 동작하는지를 이해하는 과정이 필요하지만 우선은 코드(글)를 쓰고 읽을 줄 알면 소프트웨어 개발이 가능한 준비는 된 셈이다. 하지만 좋은 소프트웨어 개발자가 되기 위해서는 문제를 잘 정의하고, 코드의 의미를 잘 분석해서 좋은 코드로 문제를 해결할 줄 알아야 한다. 이 과정에서는 눈으로 보는 것보다는 머리로 생각하는 게 훨씬 중요하다.

이처럼 코드를 쓰는 데는 눈이 보이지 않아도 큰 문제가 없지만 여기에 '읽기'가 추가되면 얘기가 조금 달라진다. 나처럼 텍스트 읽기에 스크린리더를 사용하면 '읽기'가 아니라 '듣기'를 해야 하는데 음성매체 특성상 정확도와 정보 습득 속도

등이 떨어지기 때문이다. 예를 들어, 코드를 쓰다가 오타를 냈다고 가정해보자. 만약 그 오타가 컴파일러(번역기)가 정해놓은 문법에 맞지 않는다면 번역 도중 에러가 날 것이다. 그러면 내가 쓴 코드를 다시 읽어보고 무엇이 잘못되었는지 찾아서 고쳐야 한다. 다음 문장은 화면에 "Hello world"라는 글자를 띄우는 파이썬 코드이다. 두 문장의 차이를 찾아보자.

```
print("Hello world")
print("Hello world)
```

두 문장을 자세히 비교해보면 두번째 문장은 Hello world를 감싸고 있는 큰따옴표가 열리기만 하고 닫히지 않았다는 걸 알 수 있다. 이 코드를 파이썬으로 실행하면 큰따옴표 하나가 없기 때문에 에러가 날 것이다. 코딩을 하다보면 이런 일이 생각보다 자주 생긴다. 보통 이렇게 에러가 나면 에러 메시지를 통해 몇 번째 줄 코드가 잘못됐는지까지는 파악된다. 하지만 그 줄에서 잘못된 부분이 뭔지 찾아서 고치려면 한 글자씩 코드를 듣는 수밖에 없다. 음성매체 특성상 중간부터 읽기가 어려워서 처음부터 순차적으로 내용을 들어야 하니 눈으로 보고 찾을 때보다 시간이 훨씬 오래 걸린다. 틀린 부분이 어디인지 파악하려고 한 글자 한 글자 집중해서 같은 구간을 들으면 그만큼 빨리 피로해지기도 한다.

오타 찾기뿐만 아니라 수많은 로그 기록을 분석하거나 익숙하지 않은 코드, 문서 내용을 파악하는 등 무언가를 읽어야 하는 상황은 무수히 많다. 그때마다 눈보다 스크린리더가 읽는 속도가 느리다. 그러다보니 이런 어려움을 보완하기 위해 코드를 스크린리더로 듣지 않고 점자로 읽는 시각장애인 개발자들도 있다.

이처럼 시각장애인으로서 코딩을 하는 과정 자체는 생각만큼 많이 어렵지 않다. 코딩 자체보다는 업무를 하기 위해 필요한 웹사이트나 프로그램을 다룰 때 어려워하는 경우가 오히려 더 많다. 새로운 개발 도구를 사용해야 할 때 다른 사람들은 마우스 클릭 한 번으로 해결하는 일을 키보드만 써서 어떻게 실행할지 방법을 찾는 것은 내 몫이다. 대부분의 경우 마우스 없이 스크린리더와 키보드만으로 컴퓨터를 사용하는 상황에 익숙하지 않기 때문이다. 서로 사용하는 방식이 다를 뿐 누가 옳고 누가 틀린 것이 아니다. 각자의 방식과 속도대로 코딩을 진행한다면 나만의 세계를 구현해갈 수 있다.

사회생활 속에서
마주하는 시각장애

사회생활을 시작한 지 1년 즈음 지나면서 일상생활에 조금씩 여유가 생겼다. 입사 초에는 주말마다 집에서 쉬기 바빴다면, 이즈음엔 주말을 집밖에서 보내거나 평일 저녁 퇴근 후 친구들과 밥 한끼 함께할 정도로 마음의 여유가 생겼다. 그러다가 문득 내 삶이 회사와 집만 오가는 직장인의 단조로운 생활 그 자체구나 싶었다. 내가 만나는 사람, 내가 가는 장소의 범위가 학생 때보다 훨씬 좁아졌다. 새로운 장소, 새로운 취미, 새로운 사람이 필요했다.

새로운 취미 겸 자기계발을 시작해보기로 했다. 우선 회사 근처 실내 클라이밍장부터 찾아갔다. 상담을 받아보니 눈이 보이지 않으면 혼자 클라이밍을 하기가 어려울 것 같다고 했다. 레벨별로 돌 색깔이 다르고 본인 레벨에 맞는 색의 돌만 잡아야 하는데 색을 구분할 수 없으면 혼자서는 레벨대로 진행하기가 힘들다는 설명이었다. 돌의 위치를 전부 외우지 않는 이상 혼자서는 어렵겠다는 의견에 동의하고 포기했다. 누가 같이 다니면 가능할 듯도 했지만 클라이밍을 배우고 싶다는 생각이 그 정도로 간절한 건 아니었다.

다음으로 회사 근처에 위치한 헬스장을 찾아가 시각장애인임을 밝히고 등록을 마쳤다. 직원의 안내에 따라 기구 위치를 익히고 러닝머신부터 하나씩 기기 조작법을 배웠다. 그렇게 무사히 며칠 동안 헬스장을 잘 이용했다.

그런데 헬스장에 등록하고 그다음주에 문제가 터졌다. 러닝머신을 이용하려고 하는데 지난주에 헬스장 시설을 안내해준 직원이 나를 부르더니 안전을 위해서 헬스장 이용을 하지 말아달라고 했다. 당시 직원과 나눈 대화를 짧게 재구성해봤다. 각자 판단해보면 좋겠다.

나　　제가 저번주에 혼자 와서 운동하고 가는 거 보셨잖아요.

직원　　네, 운동 너무 잘하고 가신 거 봤죠.

나	그런데 왜 갑자기 이용이 불가능하다고 하시는지……
직원	지난주에는 제가 안내도 해드리고 이용도 잘 하시는 걸 보긴 했는데 주말 동안 생각해보니까 아무래도 위험할 것 같더라고요. 이용이 어려우실 것 같아요.
나	구체적으로 왜 위험하다고 생각하세요?
직원	운동중인 다른 회원분들이 많으신데 회원님이 다른 회원님들이랑 부딪히실 것 같아요.
나	그럼 저는 탈의실이나 사우나나 다른 기구는 이용 안 하고 러닝머신만 쓸게요. 적어도 러닝머신은 잘하는 거 보셨잖아요?
직원	그래도 러닝머신까지 가다가 부딪칠 수도 있으세요. 여기가 기구 때문에 좀 좁아서요. 그리고 러닝머신도 다른 회원님이 사용하고 계실 수도 있고요.
나	제가 흰지팡이를 가지고 다녀서 다른 분들도 제가 시각장애인이라는 걸 아실 것 같은데…… 러닝머신을 이용하면 뛰는 소리가 나잖아요. 러닝머신이 하나만 있는 것도 아니고 큰 문제가 없을 것 같은데요. 그럼 보통 몇시쯤이 제일 바쁜가요? 그 시간대 피해서 올게요. 출근 전, 점심시간, 퇴근 후 저는 아무때나 상관없어요.

직원	하루 종일 회원분들이 많으세요.
나	……그럼 제가 친구나 회사 동료랑 같이 오면 어떨까요?
직원	그래도 운동은 따로 하시잖아요. 기구를 혼자서 이용하시니까 힘들 것 같아요.
나	……
직원	자유 운동은 어려우시지만 개인 PT는 가능하신데 PT 받으시는 건 어떠세요?
나	그럼 PT 비용은 할인이 되나요? 저는 PT까지는 할 생각이 없었는데……
직원	아뇨, 그건 어려우세요.
나	아무튼 일반 회원권으로는 안 된다는 말씀이시죠?
직원	네, 맞아요.
나	알겠습니다.

이후 몇 군데 헬스장을 돌아다닌 끝에 다행히 집 근처 헬스장을 찾아서 잘 이용하고 있다.

마지막으로 찾아간 곳은 영어 회화 학원이었다. 삼성역 근처에 있는 한 학원을 선택했다. 방문 전 전화 상담부터 받았다. 다음은 전화 상담 내용이다.

나	안녕하세요. 영어 회화반을 등록하고 싶은데요, 레벨 테스트 상담 가능할까요?
상담원	네, 방문 가능하신 일정 말씀 주시면 레벨테스트 예약 도와드릴게요.
나	그런데 제가 눈이 안 보이는데 레벨테스트할 때 컴퓨터를 사용해야 할까요?
상담원	아, 네, 컴퓨터를 보고 진행하는 부분이 있는데 혹시 눈이 많이 안 좋으실까요?
나	네, 그냥 전혀 안 보인다고 생각하시면 돼요.
상담원	그러면 컴퓨터 대신에 원어민 선생님과 구두로 레벨테스트 진행하게 예약해드릴게요.

그렇게 레벨테스트를 받기로 한 날, 예약 시간에 맞춰 학원 안내데스크를 찾아갔다.

상담원	실례지만 혹시 지금 시력이 어느 정도 되세요?
나	그냥 하나도 안 보여요.
상담원	그러면 죄송하지만 저희 학원 등록은 어려우실 것 같아요.
나	……왜요?

상담원   저희 학원 수업이 교재를 보고 참여하는 부분이 많아서요.

나   회화 학원인데 교재를 읽어야 하는 부분이 많은가요?

상담원   네, 교재를 미리 학습하고 수업에 들어오셔야 해요.

나   그러면 교재는 텍스트 위주인가요? 사진 위주인가요?

상담원   사진도 있지만 대부분 텍스트이긴 해요.

나   혹시 그 교재를 학원에서 프린트물로 나눠주시나요? 아니면 서점에서 사야 하나요?

상담원   학원에서 자료를 나눠드려요.

나   그러면 그 교재를 PDF 문서로 받을 수는 없을까요? 요즘은 기술이 좋아져서 PDF 문서는 저도 프로그램으로 읽어볼 수 있거든요. 필요하면 제가 자료 유출시 배상한다는 보안 서약서도 쓸게요.

상담원   아, 그건 좀 어려울 것 같아요.

나   왜요?

상담원   저희가 PDF 파일이 없어요.

나   ……그러면 학원에서 나눠주는 프린트물은 전부 원본을 복사해서 쓰나요?

상담원   네.

나   ……

상담원　저희가 온라인 비대면 강의도 있는데 온라인 수업은 어떠세요?

나　　　온라인에서 사용하는 교재도 현장 강의 자료랑 같은가요?

상담원　네, 같아요.

나　　　그럼 교재가 PDF든 파일이든 있는 거 아닌가요?

상담원　……

나　　　지금 앞뒤가 안 맞는 거 아시죠?

상담원　네, 알아요.

나　　　저는 회화 연습을 하고 싶어서 온 건데 온라인 강의는 현장 강의보다 집중도가 떨어질 것 같아요. 저한테는 도움이 별로 안 될 것 같고요. 교재에서 뭘 보고 수업에 참여해야 하나요?

상담원　교재에 나온 지문을 요약해서 말하기도 하고, 사진을 보고 설명하기도 해요.

나　　　그러면 그 내용을 모든 수강생 앞에서 발표하는 식인가요? 아니면 짝을 지어서 서로 설명해주는 식인가요?

상담원　짝을 정해서 서로 이야기하는 방식이요.

나　　　그러면 오히려 제 파트너에게는 더 도움이 되지 않을까요? 안 보이는 저한테 그걸 설명해주려면 다른 때보다 말을 더 많이 해야 하니까요.

상담원 오, 그렇네요.

나 ……

상담원 죄송해요.

나 원장님은 안 계신가요?

상담원 원장님은 다른 손님이 오셔서 직접 상담하실 수가 없
으신데 아무래도 어려우실 것 같다고 말씀하셨어요.

나 그러면 제가 전화로 예약을 잡을 때 미리 말씀하셨어
야죠. 그때 눈이 안 보인다고 말씀드렸고 원어민 선생
님이랑 레벨테스트를 진행하게 해준다고 하셨잖아요.
저는 여기 오자마자 레벨테스트도 못 받고 가격이 얼
마인지도 모르고 등록할 수 없다는 말만 듣고 있잖
아요.

상담원 죄송해요, 눈이 이만큼 안 보이시는 줄 몰랐어요.

이후 해당 학원장에게 죄송하다며 사과 전화가 왔다. 하지
만 현장 강의는 등록이 불가하다는 말이 돌아왔다. 이후 몇
군데 학원을 더 찾아봤지만 비슷한 이유로 거절당하기도 했
고 거리가 멀거나 비용이 비싼 데도 있어 결국 회화 학원 등
록은 포기했다.

이 밖에도 직장인 달리기 동아리나 합창 동아리 등의 문도 두드려봤지만 각종 이유를 들어 시각장애인과는 함께하기 어렵다는 답만 받았다. 번듯한 직장이 있고 비용을 지불할 만한 소득을 갖춰도 새삼 장애인에게 이 사회가 냉정하구나 싶었다. 역시 이 세상에는 무엇 하나 당연한 것이란 없음을, 내가 가진 것의 소중함을 다시금 생각해보게 됐다.

누구를 위한
형평성인가

맹학교에서 공부하는 것과 대학교에서 공부하는 건 엄청나게 다른 일이었다. 여러 가지 차이가 있었지만 이는 근본적으로 수업을 듣는 학생 중 눈이 보이지 않는 학생이 있을 수도 있다고 가정하느냐 안 하느냐에서 나온 것 같다. 내가 만난 대학 교수님들은 점자로 된 교재를 어디서 구해야 하는지를 몰랐고 수업 도중 판서를 하거나 사진을 즐겨 활용했으며 설명할 때 "이것처럼" "저것처럼" 등 지시대명사를 자주 사용했다. 절대다수의 교수님들이 시각장애인 학생을 가르쳐보거나 시각장애인과 공부해본 적이 없었기 때문이다.

개강 전 교과목이 공개되면 우선 내가 수강하려고 하는

과목의 교수님들께 메일부터 보냈다. 내가 눈이 전혀 보이지 않는 시각장애인 학생임을 밝히고 해당 수업에서 어떤 교재를 사용하는지 문의했다. 만약 교수님이 직접 쓰신 책이 교재라면 절대 외부에 유출하지 않겠다는 각서를 쓰고라도 교재를 PDF로 받을 수 있을지, 강의 자료를 수업 전에 미리 보내줄 수 있는지, 시험을 컴퓨터로 보는 게 가능할지 등을 확인했다. 교수님께서 뭐라고 답을 주느냐에 따라 한 달 남짓한 기간 동안 새 학기를 준비해야 했기 때문이다. 교수님께서 교재를 파일로 제공할 수 없다고 말하면 전국 각지 시각장애인 도서관에 점자 교재 제작을 요청해야 했다. 교수님이 강의 자료나 시험 편의를 제공하지 않겠다고 하거나 수강을 거부하면 어떻게든 설득해야 했다.

자신은 살면서 한 번도 시각장애인을 가르쳐본 적이 없으니 수강을 포기하라고 한 교수님도 있었다. 수십 년 동안 해오던 본인의 교수법을 시각장애인 한 명 때문에 바꿀 수 없다며 수강을 포기하라는 교수님도 있었다. 수강하는 건 막지 않겠지만 너만 컴퓨터로 시험을 보면 다른 학생들과 형평성이 맞지 않으니 똑같이 종이 시험지로 시험을 봐야 한다는 말도 들었다. 강의 자료나 교재를 공유하는 건 저작권법 위반이니 절대 줄 수 없다고도 했다. 이런 교수님들을 설득하는 일은 각보다 힘들었다. 저작권법 제33조, 특수교육법 제31조, 대학수학능력시험 장애인 편의 지원 제도 등 법적 근거를 토대로 설득하다보니 씁쓸하게도 나중에는 법 조문을 거의 다 외울 지경이었다.

저작권법 제33조는 시각장애인 등을 위한 저작물 접근을 보장하는 법으로, 비영리 목적으로 시각장애인이 저작물을 이용하고자 하는 경우에는 시각장애인 등이 인지할 수 있는 대체 자료로 전환하여 저작물 복제를 허가한다(단, 대체 자료의 범위와 복제가 허용되는 시설은 대통령령으로 정한다). 특수교육법 제31조는 대학교에 재학중인 장애 학생의 학습권을 보장하는 법으로, 대학의 장은 해당 학교에 재학하는 장애 학생이 학업에 집중할 수 있도록 각종 편의 지원을 제공해야 한다고 규정하고 있다. 대학수학능력시험에서는 시각장애인 수험생에게 최대 1.7배의 시험 시간을 보장하고 점자 문제지뿐만 아니라 텍스트 등 전자 문서 포맷의 시험지를 제공하도록 규정한다.

당연한 이야기지만 내가 만난 모든 교수님이 난색을 표한 건 아니다. 적극적으로 도와준 교수님도 많았다. 그중 1학년 때 들은 '대학 수학' 교수님이 유난히 기억에 남는다. 수학이라는 과목의 특성상 점자 교재를 미리 준비하기가 어려웠다. 게다가 대학 수학은 대부분 미적분을 다루기 때문에 교수님이 수업 시간에 판서를 많이 하셨다. 솔직히 강의실에 앉아 있어도 실시간으로 알아듣는 내용이 거의 없었다. 그렇다고 아무것도 안 하고 멍하니 있을 수도 없어서 그냥 교수님 말씀을 실시간으로 노트북에 받아적었다. 교수님이 판서를 하실 때면 어떤 개념을 설명하다가 판서를 하는지까지 적었다. 그리고 수업이 끝나면 수업 내용에 대해 질문하는 학생들 사이에 섞여서 수학에 관해서가 아니라 "아까 뭐 설명하시다가 판서를 하셨는데 무슨 내용이었나요?"라고 질문했다. 다행히 교수님께서 항상 정성껏 답해주셨다. 사실상 나를 위해 수업을 한 번 더 해주는 일에 가까웠다. 어떤 판서였는지를 설명하다 보면 수업 내용이 자연스럽게 나올 수밖에 없고 판서로 설명한 미적분 그래프를 이해하다보면 자연스럽게 관련 질문이 이어졌기 때문이다. 나중에는 수업이 끝나고 질문하지 않으면 궁금한 게 없냐고 먼저 물어보시기도 했다. 일대일로 이야기를 자주 나누다보니 교수님도 나를 어떻게 가르쳐야 하는지 많이 고심하셨던 것 같다. 시험 때는 점자 교재를 제작하는 복지관에 직접 시험지를 보내서 점자로 문제지를 만들어주셨는데 대학 생활 4년 동안 그렇게 해준 교수님은 그분이 유일하다.

장애인 등에 대한 특수교육법 제30조에 의하면 대학교에는 장애 학생의 대학 생활을 돕는 장애학생지원센터가 설치되어야 한다. 다행히 우리 학교에도 장애학생지원센터가 있었다. 여기서 장애 학생들을 위한 다양한 제도를 운영하는데, 나는 그중 도우미 제도 덕을 가장 많이 봤다. 도우미 제도는 장애 학생의 학교 생활을 지원하는 도우미 학생을 센터에서 모집하고 도우미 학생에게 근로장학금을 지급하는 제도다. 기숙사 생활 도우미, 캠퍼스 이동 도우미, 수업 대필 도우미 등으로 다양한데 각 도우미는 장애 학생과 물리적으로 가깝게 지내는 학생을 우선적으로 고려해 선발한다. 예를 들어, 기숙사 생활 도우미는 장애 학생의 룸메이트를 우선적으로 고려하고, 수업 대필 도우미는 동일 과목 수강생 중에서 선발하는 식이다. 이외에도 장애 학생의 필요에 따라 도우미 역할을 유연하게 정하기도 한다. 실제로 나의 경우, 교재나 수업 자료를 텍스트로 변환해줄 사람이 필요했다. 그래서 센터에서 기존에 선발하지 않던 자료 타이핑 도우미를 별도로 모집해주었다.

대학 입학부터 졸업까지 8학기 동안 자료를 타이핑해주는 도우미와 수업에서 판서 또는 PPT를 대필해주는 도우미에게 주로 도움을 받았다. 우리 학교는 수업당 한 명의 대필 도우미를 배정해주었다. 만약 한 학기에 일곱 과목을 수강한다면 일곱 명의 대필 도우미를 배정받을 수 있었다. 하지만 모두가 이런 지원을 받는 건 아니다. 도우미 제도가 봉사 활동이 아니기 때문이다. 센터에서 도우미들에게 근로장학금을 지급해야 하기 때문에 안정적으로 제도를 운영하려면 도우미 인력 풀은 물론 예산도 충분히 확보하고 있어야 한다. 다른 학교에서는 예산 부족 등의 이유로 장애 학생 1인당 한 학기 도우미를 두세 명으로 제한하는 경우가 많다고 들었다. 그러다 보니 우리 학교처럼 역할별로 도우미가 나뉘는 것이 아니라 한 명의 도우미가 생활 도우미와 대필 도우미를 겸임하거나, 한 명의 대필 도우미가 여러 수업의 대필 지원을 위해 본인이 수강하지 않는 수업을 청강한다거나, 도우미 없이 수업을 들어야 하는 경우가 생긴다. 이런 경우에는 나처럼 기존에 제공하던 도움이 아닌 추가적인 도움까지는 못 받을 확률도 높다. 장애 학생들이 양질의 서비스를 제공받기 위해서는 몇 명 없는 장애 학생에 대한 센터장과 학교의 관심, 그리고 행정적 의지가 무엇보다 중요하다.

엄마가
만들어준 점자책

공교롭게도 나는 초등학교 입학을 앞둔 시기에 실명했다. 동네 또래 친구들처럼, 그리고 친형처럼 나 역시 당연히 동네 초등학교에 입학할 줄 알았지만 갑작스럽게 실명하게 되면서 이마저도 불투명해졌다. 우려했던 대로 집 근처 초등학교에서는 일반 학교보다 장애 학생을 위한 특수학교를 가는 게 공부하는 데 좋지 않겠느냐고 조언하며 난색을 표했다.

부모님은 하루아침에 중증장애인 자식이 생겼지만, 특수학교에 대한 정보는커녕 이전에 장애인을 만나본 적도 없었다. 시각장애인 자식을 어떻게 키워야 할지 막막하기만 했다. 앞 못 보는 아들을 위해 엄마는 책 읽어주기와 책 녹음하기부터 시작했다. 엄마가 책을 못 읽어줄 때는 형이 대신 읽어주기도 했다. 그렇게 집에서 책을 들으며 공부하다가, 실명하고 이듬해인 아홉 살 때 시각장애인 학생들을 위한 특수학교인 맹학교 초등학교에 입학했다. 한 학년에 반이 두 개였고, 각 반에 학생이 네다섯 명 정도였다. 학교는 서울시 종로구에 있었는데, 우리집은 경기도 시흥시라서 매일매일 차로 편도 한 시간 거리인 학교까지 엄마 차를 타고 등하교를 했다. 맹학교는 전국 여기저기서 학생들이 모이기 때문에 기숙사를 운영했지만 내가 너무 어릴 때라 엄마가 기숙사 생활을 시키는 걸 꺼린 듯하다.

엄마는 나를 등교시키고 내 수업이 끝날 때까지 기다리는 동안 직접 점자를 배우고 집에서 형이 읽던 책을 점자책으로 만들었다. 덕분에 나는 학습지부터 또래 친구들이 읽는 동화나 『동물도감』, '자연의 신비' 전집, 『삼국유사』 『눈으로 보는 한국 역사』 『마법천자문』 등을 엄마가 만들어준 점자책으로 읽었다. 앞서 언급한 것처럼, 엄마는 시각장애인의 교육에 대해 아는 게 전무했다. 그저 형이 공부하는 건 나도 해야 한다고 생각했고 그걸 위해 엄마가 할 수 있는 건 형이 보는 책을 점자로 바꾸는 일밖에 없었다고 한다. 맹학교에도 도서관이 있고 점자책이 있긴 했지만 유아용 동화책, 동요 테이프,

아니면 초등학교 수준에는 어려운 소설책이 대부분이었다고 한다.

엄마가 만들어준 점자책을 읽고 공부하는 건 내 몫이었다. 처음에는 엄마와 함께 공부했다. 그러다가 덧셈 세로 셈법을 배우면서 벽에 부딪혔다. 세로 셈법은 수식을 세로로 써서 비교적 복잡한 식을 쉽게 풀 수 있지만 이를 이해하려면 약간의 시각적 개념이 필요했다. 이미 세로로 쓰인 식을 풀 때는 같은 세로선에 있는 수끼리 더해야 하고, 가로로 쓰인 식을 세로로 바꿀 때에는 서로 더해져야 하는 숫자를 같은 세로선에 써야 한다. 이때 가로와 세로라는 개념도, 식을 쓰면서 읽는다는 개념도 시각적이다. 점자의 특성상 세로 쓰기도, 읽으면서 쓰기도 매우 불편하고 어렵기 때문에 이 개념을 이해하기가 더 힘들었다.

세로 셈법을 계기로 엄마는 나를 직접 가르치는 걸 포기했다. 이때 엄마가 했던 말이 아직도 기억이 난다. "인호야, 엄마가 세상을 이해하는 방법이랑 네가 세상을 이해하는 방법은 달라. 엄마는 눈이 보여서 눈이 안 보이는 세상이 뭔지 몰라. 그래서 엄마는 너를 가르칠 수가 없어. 그러니까 엄마는 책만 만들어줄게. 모르는 건 학교 가서 선생님한테 다 물어보고 와."

이후 엄마의 목표는 집에 있는 모든 책을 점자로 만들기가 됐다. 하루에 몇 페이지를 읽으라거나 몇 문제를 풀라고 양은 정해줬지만 진짜 내가 그만큼 읽었는지, 문제를 풀었는지는 거의 확인하지 않았다. 정해진 양을 다 공부했다고 하면 남은 시간 동안 뭘 해도 엄마는 상관하지 않았다. 어린 나는 엄마 말을 제법 잘 들었다. 이런 엄마의 적극적 지원 겸 간섭은 내가 중학생이 되면서야 끝이 났다. 공부해야 할 양이 많아지고 내용이 복잡해져서 엄마 힘으로는 더이상 점자책을 만들 수 없었다고 한다.

장애인끼리만
경쟁할 필요 없잖아?

실명 후 맹학교에 입학하기 전 1년 동안은 피아노학원만 다녔다. 실명하기 전부터 형과 함께 다니던 학원이었다. 엄마가 처음 나를 데리고 피아노학원에 갔을 때 원장님은 내가 다른 아이들보다 눈이 좋지 않으니 악보를 보면서 피아노를 치기가 힘들 것 같다며 등록을 거절하려고 했다. 이때 한 선생님께서 글씨도 모르는 다섯 살짜리 아이들도 하는데 눈이 잘 안 보인다고 못 할 이유가 뭐 있겠느냐며 원장님을 설득했다. 결국 그 선생님 덕에 피아노를 배우기 시작했다. 이후 그 선생님이 피아노학원 원장이 되었고 10년 가까이 그 선생님을 따라다니며 피아노를 배웠다.

어렴풋한 기억에 의하면, 내가 실명한 시기는 한창 높은음자리표와 낮은음자리표가 어떻게 생겼는지를 배우고 열심히 그려보던 중이었다. 『바이엘』에 수록된 곡을 배우고 하루에 최소 열 번씩 반복해서 쳐야 집에 갈 수 있었는데 빨리 집에 가고 싶어서 한 번 친 다음에 한 번 쳤다고 표시할지 세 번 쳤다고 표시할지 고민했던 기억도 난다.

감사하게도 당시 피아노학원 원장 선생님은 어느 날 갑자기 실명한 나의 등원을 거절하지 않았다. 하지만 이전과 달리 눈이 보이지 않았기 때문에 악보를 보면서 피아노를 치는 방식으로는 수업할 수가 없었다. 몇 년 전까지만 하더라도 '천재 시각장애인 피아니스트'가 종종 방송에 소개됐다. 그들은 소위 '절대음감'이라고 불리는 청음 실력을 뽐내며 한 번 들은 피아노곡을 그대로 따라 연주해 사람들을 놀라게 했다. 실제로 많은 시각장애인 음악가들이 청음을 적극적으로 활용해 음악 활동을 하고 있다. 나 역시 처음에는 청음을 시도했다. 하지만 선생님은 얼마 후 청음 수업을 그만두었다. 연주자가 어떻게 표현하느냐에 따라 같은 곡이라도 다르게 느껴지고 그게 연주자 고유의 음악이 된다. 하지만 청음에 의존하면 처음에 접한 연주자의 곡 해석을 베끼게 되고, 세밀한 악상 표현 지시를 파악하지 못해 자기만의 음악을 연주할 수 없게 된다.

따라서 피아노를 계속 치려면 어떻게든 점자 악보를 배워야 했다. 시각장애인복지관을 통해 1980년대 일본과 미국에서 피아노를 공부한 어느 시각장애인 선생님과 연락이 닿아 그분에게 음악 점자를 배웠다. 맹학교에 입학해 한글 점자를 배우기도 전에 음악 점자부터 배운 셈이다.

음악 점자를 배우고 그후부터는 비장애인 학생들과 마찬가지로 악보로 공부했다. 비장애인 학생들과는 묵자 악보를 보는지, 점자 악보를 보는지, 악보를 보면서 연주하는지 악보를 통째로 외우고(암보) 연주하는지 정도만 달랐다. 또래 피아노 전공생들과 공부하면서부터는 암보가 기본적인 게 되어 그마저도 큰 의미가 없어졌다.

굳이 차이를 언급하자면, 비장애인 학생과는 악보를 구하는 방법과 암보를 하는 과정이 조금 달랐다. 묵자 악보는 모두가 아는 것처럼 서점 등에서 구입할 수 있다. 하지만 점자 악보를 구하려면 묵자 악보를 점역해야 했다. 물론, 같은 악보를 누군가 이미 점역해두었다면 곧바로 구할 수 있지만 2000년 중반부터 2010년 초반까지만 해도 국내에 나처럼 악보로 음악을 공부하는 시각장애인은 드물었기 때문에 내가 공부한 악보는 대부분 점역이 안 되어 있었다. 게다가 국내에서 악보 점역이 가능한 사람도 손에 꼽을 정도로 드물어서 악보를 준비하기가 쉽지 않았다. 당시는 내가 어린 탓에 악보 구하기는 온전히 엄마의 몫이었다. 엄마는 점자 악보를 제작할 줄 아는 몇 안 되는 사람을 찾아가 악보를 만들어달라고 부탁해야 했다. 악보가 없으면 내가 피아노를 계속 공부할 수 없었기 때문에 엄마는 필사적이었던 것 같다. 실제로 악보가 제때 준비되지 않아 포기한 대회도 적지 않았다. 특히 지정곡이 있는 큰 대회에 참가할 때는 점자 악보를 빨리 제작하는 게 무엇보다 중요했다.

악보 준비를 마치면 암보를 해야 했다. 내 경우에는 한 곡을 처음부터 끝까지 한 번 치려면 일단 악보부터 외워야 했지만, 묵자 악보를 보는 친구들은 수없이 반복해서 치면서 자연스럽게 외운다는 점이 달랐다.

나는 악보를 외우는 시간이 제일 싫었다. 피아노를 연주하려면 양손을 동시에 사용해야 한다. 그리고 각 손이 동시에 눌러야 하는 건반이 다르다. 손이 세 개 이상이거나 발가락으로 점자를 읽지 않는 이상 양손으로 피아노를 연주하면서 점자 악보를 읽기는 불가능하다. 나는 눈이 보이지 않고 손이 두 개이며 발가락으로 점자를 읽을 수 없으므로 피아노곡 하나를 처음부터 끝까지 연주하려면 다음과 같은 절차를 거쳐 악보를 외워야 한다.

1. 왼손으로 한두 마디의 오른손 부분의 점자 악보를 읽으면서 오른손으로 해당 부분을 따라 친다.

2. 1번에서 친 부분이 외워질 때까지 이 구간을 반복한다.

3. 1번과 같은 방법으로 오른손으로 왼손 부분의 한두 마디 악보를 읽으면서 왼손으로 해당 부분을 따라 친다.

4. 3번에서 친 부분이 외워질 때까지 이 구간을 반복한다.

5. 2번과 4번에서 외운 오른손과 왼손 구간을 합쳐서 양손으로 연주한다.

6. 5번이 외워질 때까지 해당 부분을 반복한다.

7. 외우고 있는 악보의 처음부터 6번에서 외운 부분까지 양손으로 연주한다.

8. 1번으로 돌아가서 7번에서 외운 부분 다음 악보를 암기한다. 그리고 7번까지 반복한다.

즉, 약 열 마디로 이루어진 곡 하나를 외우려면 한 번에 두 마디씩 외운다고 가정할 때 위의 작업을 최소한 다섯 번 반복해야 한다. 곡이 길면 길수록, 그리고 그 내용이 복잡해질수록 앞에 외웠던 내용을 까먹을 확률이 높아진다. 그렇게 중간에 악보를 까먹으면 다시 외워야 한다.

모르긴 몰라도 이 악보 외우기 덕분에 또래 친구들보다

단기 기억력은 좀 좋아진 것 같다. 악보를 외우는 과정에서 자연스럽게 해당 곡을 수없이 반복해서 치기 때문에 나중에는 머리가 악보를 기억하는 것이 아니라 손이 기억해서 연주하게 된다.

세부적인 과정이 조금 달랐지만, 큰 줄기에서 보면 나도 비장애인 학생도 모두 악보를 기반으로 공부했기 때문에 피아노 선생님은 나를 장애인이라고 동정하지도 않았고 기대치를 낮춰 대하지 않았다. 비장애인 학생들과 동등하게 대하면서 나에게 장애인끼리만 경쟁할 필요는 없다는 사실도 알려주었다. 선생님은 나를 피아노 전공자로 키울 생각이셨기 때문에 단 하루도 큰 소리 나지 않고 평화롭게 지나가는 날이 없었다. 그리고 초등학교 고학년 무렵부터는 지정곡이 있는 입시용 대회에 나가기 시작했다.

한국일보에서 주관하는 음악 콩쿠르에 나가서 장려상을 받은 적도 있다. 그 콩쿠르는 예선과 본선 모두 지정곡이 있었고 학부모 등 외부인의 관람이 허용되지 않는 대회였다. 심사위원과 연주자 사이에는 칸막이가 설치되어 있어 심사위원이 연주자의 연주만 듣고 평가하는 방식이었다. 즉, 심사위원은 내가 시각장애인인 줄 모르고 나의 연주만 듣고 심사했다. 그런 대회에서 입상하자 비장애인들과 경쟁할 만하다는 자신감이 생겼다. 인문계 고등학교로 진학하면서 결국 피아노를 그만뒀지만, 이때의 경험은 훗날 다른 분야에서 비장애인들과 경쟁할 때 주눅들지 않고 도전할 수 있도록 내게 좋은 밑거름이 되었다.

2부 미국에는
장애인 차별이
없다고?

나 홀로
해외 출국

해외에서 일하는 외교관이 되고 싶어 정치외교학과를 지망했을 정도로 한 번쯤은 해외에서 살아보고 싶었다. 맹학교 시절 캐나다나 미국으로 이민 가는 친구들도 있었는데 그 친구들의 소식을 들으며 미지의 세계에 대한 상상의 나래를 펼치기도 했다. 신입생 시절부터 꼭 교환학생 경험을 해보고 싶다고 생각했는데 아는 분이 주한미군대사관에서 미국 국무부가 지원하는 글로벌 교환학생 프로그램UGRAD에 참여할 한국 대학생을 모집한다고 알려주셨다. 고등학교 때 참여한 대외 활동에서 알게 된 분이 추천서를 써줄 테니 한번 지원해보라고 권해주셨다. 항공료, 등록금, 기숙사비, 식비는 물론이고 매달 용돈까지 주는 프로그램이라 선발만 된다면 너무나 좋은 기회였다. 운좋게도 이 프로그램에 합격해 미국 인디애나주 에번스빌이라는 도시에 위치한 서던인디애나대학교에 10개월간 교환학생으로 떠나게 됐다.

비자 발급 문제 등 우여곡절 끝에 기다리던 출국 날이 되었다. 인천을 출발해 애틀랜타를 경유하여 인디애나주의 에번스빌까지 약 스무 시간 비행할 예정이었다. 혼자 해외 장거리 비행은 처음이었다. 외국 국적 항공사를 이용하는 것도 처음이었다. 일반적으로 장애인이 혼자 비행기를 이용할 때는 항공사에서 '스페셜 어시스턴트Special Assistant'라고 불리는 장애인 보조 서비스를 제공해준다. 시각장애인인 나 같은 경우에는 탑승 체크인부터 보안검색, 출국심사를 거쳐 비행기 탑승까지는 지상 승무원이, 기내에서의 식사와 화장실 이용 등은 기내 승무원이 도와준다. 국적기가 아닌 외항사라서 한국인 승무원이 없을까봐 탑승 전부터 살짝 긴장을 했다. 다행히 공항에서 나를 안내해준 지상 승무원들은 모두 한국인이어서 별문제가 없었지만 걱정했던 대로 기내 승무원은 미국인이 대부분이었다. 그때만 해도 외국인 승무원에게 내 요구사항을 구체적으로 전달할 정도로 영어 실력이 따라주지 않았다.

혼자 비행기를 타면 보통 이륙 전에는 승무원 호출 방법, 비상 탈출구 위치와 탈출 방법, 화장실 위치 등의 안내를, 비행 도중에는 기내식을 먹을 때 메뉴 설명을 요청한다. 그리고 보통은 스페셜 어시스턴트가 필요한 고객이 탑승하면 이륙 전에 승무원이 먼저 찾아와서 어떤 도움이 필요한지 묻는다. 그런데 왜인지 이번 비행에서는 탑승 이후 이런 안내를 받지 못했다. 당시만 하더라도 영어 말하기도, 나 홀로 비행도 익숙하지 않았기 때문에 나 역시 적극적으로 도움을 요청하지 못했다. 다행히 내 옆에 앉아 있던 한국인 유학생이 도와줘 기내식과 화장실 문제를 해결했다.

문제는 환승 공항인 애틀랜타 공항에서 발생했다. 비행기를 갈아타려면 지상 승무원이 공항 내 이동을 도와줘야 하는데 기내 승무원이 아무것도 안내해주지 않았다. 보통은 착륙 이후 기내 승무원이 지상 승무원에게 나를 안내해주는데 이 과정이 누락된 것이다. 급한 대로 비행기에서 내리는 사람을 붙잡고 승무원을 불러달라고 부탁했다. 한참 지나서 지상 승무원이 도착해 다행히 입국 심사를 받고 환승 게이트로 이동할 수 있었다. 시작부터 이런 일을 겪으니 그동안 여기저기서 들어온 미국에 대한 환상이 약간은 깨지는 듯했다.

에번스빌 공항에 도착하니 새벽 한시쯤이었다. 공항에 마중나온 학교 국제팀 담당자와 근로장학생들을 만나 나처럼 교환학생으로 온 다른 이들과 합류했다. 이들과 함께 학교로 가는 길에 필요한 생필품을 구매하기 위해 마트에 들렀다. 이때부터 눈물나는 생존 영어가 시작됐다. 처음에는 왜 마트에 온 건지 뭘 사라는 건지 상황 파악부터 되지 않았다. 곧 무슨 상황인지는 어느 정도 이해했지만 생활 영어가 안 되니 뭐라는 건지 제대로 알아들을 수가 없었다.

예를 들어 세탁용품을 사라고 얘기해도 디터전트detergent가 세제란 걸 모르니 가만히 있을 수밖에 없었다. 눈이라도 좀 보이면 눈치껏 따라 샀을 텐데 모든 걸 대화로만 해결해야 하는데 영어가 안 되니 답답한 노릇이었다. 결국 이상하게 여긴 담당자가 도와줘 여차저차 번역기 앱까지 돌려가며 쇼핑을 끝마치고 학교 기숙사에 도착했다.

낯선 나라, 낯선 방, 낯선 침대, 낯선 이불에 홀로 누우니 이제 미국에서의 생활이 시작이구나 조금씩 실감이 됐다.

다름을
존중하는 법

도착한 바로 다음날부터 일주일 동안 국제팀에서 교환학생들을 위해 오리엔테이션 프로그램을 진행했다. 학교 투어는 물론이고 전반적인 미국 문화에 대한 강의도 듣고, 미국 생활에 기초적으로 필요한 것은 무엇인지도 안내받고, 건강검진도 진행하는 등 알찬 프로그램이었다.

오리엔테이션을 듣는 도중 누군가 나를 찾아왔다. 한국 대학의 장애학생지원센터와 같은 역할을 하는 '디서빌리티 리소스 오피스Disability Resources Office, DR Office'에서 나왔다고 했다. 그쪽에서 먼저 나를 찾아와줬다는 점이 인상적이었다. 수강신청 전부터 교수님에게 연락하고 책을 구하기 위해 동분서주하던 한국과는 정반대의 일이 펼쳐졌다. DR 오피스 담당자는 내게 현재 어떻게 학교 생활을 하고 있는지, 더 나은 학교 생활을 위해 무엇이 필요한지 물었다. 그들에게 수업 교재를 전자 문서로 받아보고 판서 내용을 타이핑해주는 대필 도우미가 필요하다고 말만 하면 됐다. 이후 교수님들께 연락하기, 교재 만들기 같은 일종의 행정 업무는 DR 오피스에서 모두 따로 처리해주었다.

　DR 오피스 덕분인지 수업에 들어가보니 교수님들이 모두 나의 장애에 대해 인지하고 있었다. 그리고 내가 어떻게 공부하는지, 강의중에 불편한 점은 없는지, 어떻게 하면 내가 본인 수업에 더 잘 참여할 수 있을지 항상 질문했고 필요하다면 본인의 교수법을 수정했다. 실제로 내가 판서는 볼 수 없지만 컴퓨터로 타이핑한 워드 문서는 읽을 수 있다고 이야기하자 어떤 교수님은 판서 대신 발표용 대형 스크린에 워드 문서를 띄우고 직접 타이핑해주셨다. 그리고 수업이 끝나면 수업 시간에 타이핑한 문서를 내 이메일로 바로 보내주었다. 그러면서 "나는 나의 학생을 가르칠 의무가 있다. 눈이 보이는 학생들은 칠판에 쓰인 글을 읽든 스크린에 쓰인 글을 읽든 큰 차이가 없지만 눈이 보이지 않는 네가 스크린에 쓰인 글만 읽을 수 있다면 내가 타이핑을 안 할 이유가 없다. 판서 대신 타이핑을 한다고 해서 다른 학생들이 불이익을 보는 것도 아니고 너도 내 수업을 들으러 온 학생이기 때문이다"라고 말했다.

물론 미국에서 대학을 다니는 대부분의 장애 학생들이 나와 똑같은 상황을 겪지는 않을 것이다. 어쨌든 나는 미국 국무부의 공공 외교 프로그램에 참여중인 장학생 신분으로 왔으니 말이다. 그럼에도 불구하고 DR 오피스 직원에게 들은 말이 지금도 생생히 기억난다. "교수는 학생의 지식만을 평가하는 사람이고 그 학생의 장애와 같은 외적인 조건을 평가하는 사람이 아니다. 학교와 교수는 그 평가를 위한 환경을 구축할 의무가 있다." 학교 안에서라면 적어도 공부를 위해 무언가를 고민할 필요가 없는 것, 그것이 내가 학생으로서 당연히 누려야 하는 권리가 아닐까?

미국에서는 단순 신체장애인의 경우 가급적 지역 사회에 통합시키려고 한다. 다시 말해, 눈만 안 보이는 시각장애인이 흔히 말하는 장애인 시설에 들어가는 경우가 일반적이지는 않다. 대신 지역마다 특수교육 프로그램을 전문적으로 제공하는 기관이 있어서 장애인들은 필요하면 그 기관에서 도움을 받는다. 나와 같은 시각장애인들은 그런 기관에서 점자나 흰지팡이 보행법 등을 배운다. 나 역시 미국 정착 초기에 에번스빌 어소시에이션 포 더 블라인드Evansville Association for the blind, EAB라는 기관에서 보행 교육을 받았다. 독립적인 생활을 하려면 최소한 내가 사는 기숙사와 학교 캠퍼스 어디에 무엇이 위치하는지를 익혀둘 필요가 있었기 때문이다. 한국의 시각장애인복지관에서도 시각장애인 새내기 대학생에게 캠퍼스 길을 가르쳐주는 프로그램을 제공하지만 기간이 이틀뿐이다. 고작 이틀 안에 넓은 캠퍼스 구조를 모두 외운다는 건 적어도 나에게는 무리였다. 그래서 1학년 1학기 초반에는 캠퍼스에 사람들이 적은 저녁 시간을 이용해 혼자 학교를 헤매며 길을 익혔다. 그에 반해 미국에서는 내가 충분히 길에 익숙해질 때까지 여유를 가지고 다양한 방법으로 보행 교육을 진행해줬다.

때로는 EAB에서 학교 DR 오피스에 나의 안전한 보행을 위해 필요한 것들을 요청해줬다. 예를 들어, 보행 지도 선생님은 종이 위에 실과 병뚜껑을 붙여서 만지면서 길을 파악하게 캠퍼스 지도를 만들어주었고, DR 오피스에서는 내가 주로 돌아다니는 동선 중간중간에 쓰레기통이나 화분을 놓아둬서 내가 어디쯤 왔는지를 알기 쉽도록 신경써주었다.

일반적으로 시각장애인들이 보행 도중 맞닥뜨리는 랜드마크는 현재 위치를 추측하는 데 유용하다. 보도블록 간격이 좁아지는 부분, 바닥이 콘크리트에서 잔디로 바뀌는 부분, 특정 장소에서만 나는 냄새 등 보행자가 현재 위치를 인지하는 단서만 준다면 뭐든 랜드마크가 될 수 있다. 즉, 화분과 쓰레기통이 나에게 랜드마크로 자리한 셈이다.

예를 들어, 내가 살던 기숙사에서 학생식당까지 가려면 길을 한 번 건너야 했다. 그런데 어디서 건너야 하는지를 눈으로 보지 않고는 도저히 알 수가 없었다. 그러자 학교측은 내가 길을 건너야 하는 지점에 새로운 쓰레기통을 하나 설치해주었다. 다만 유도블록이 일반화되어 있는 한국이나 일본과 달리, 미국에서는 대도시 횡단보도 앞에만 제한적으로 유도블록이 설치돼 있긴 했다.

미국에 도착한 지 약 3주 만에 서던인디애나대학교에 재학중인 한국인 학생들을 만났다. 미국 내에서 한국인이 비교적 적은 지역이었지만 다행히 재학중인 한국 학생 네 명이 있었다. 여기서 만난 한국인 학생들의 태도도 흥미로웠다. 그들은 나에게 과하게 친절하거나 나를 어떻게 대해야 할지 어색해하며 머뭇거리지 않았다. 한국에서는 나를 처음 만나는 비장애인들 중에는 내가 손가락 하나 까딱하지 못하게 모든 일을 대신 해주려고 하거나 내 옆 사람에게 나에 대해 질문을 한다거나 어쩔 줄 몰라 하며 아예 아무 말도 안 거는 사람들도 있었다. 그러면서 나에게 장애인을 처음 만나봐서 어떻게 대해야 할지 모르겠다고 이야기했다. 그런 어색함을 줄이는 데 짧지 않은 시간이 필요했다.

하지만 미국에서 만난 사람들은 나를 비교적 자연스럽게 대했다. 내가 눈이 안 보인다는 걸 알아도 무언가 특별한 행동이나 말을 하지 않았다. 아니, 딱히 행동의 변화가 없었다. 그저 가끔 "도와줄까?"라고 묻는 게 특별한 질문이면 질문이었다. 처음에는 한국 사회와 언론에서 생산하는 장애인의 이미지 때문이라고 생각했다. 하지만 지금 생각해보면 그보다 해외 생활을 하면서 자연스럽게 다른 문화를 수용하는 유연성과 적당한 개인주의 문화를 익혀서인 듯했다. 이러한 시스템과 사람들의 태도의 변화 등을 접하며 점차 처음 미국에 도착했을 때의 실망감이 사라져갔다.

처음 떠난
나 홀로 여행

학생 신분으로 미국에 갔지만 솔직히 공부에는 큰 관심이 없었다. 그보다는 한국에서 할 수 없는 일을 많이 경험해보고 싶었다. 얼마나 공부에 관심이 없었느냐면 첫번째 학기 때는 암벽 등반, 웨이트 트레이닝, 볼링, 수영 등 전공과는 전혀 관련 없는 과목으로만 수업 시간표를 짰다가 국제팀에서 수강 신청을 다시 하라는 이야기까지 들을 정도였다. 결국 수강 과목을 바꿨지만 화요일과 목요일에만 수업을 듣는 소위 주2파 시간표를 만들어서 월수금 공강을 사수해냈다. 그렇게 만든 금토일월 쉬는 날을 이용해 돈과 시간이 허락하는 한 최대한 여행을 많이 다니려고 노력했다.

그 결과 10개월 동안 미국에서 지내면서 인디애나폴리스, 시카고, 세인트루이스, 로스앤젤레스, 라스베이거스, 샌프란시스코(실리콘밸리와 요세미티국립공원 포함), 샌디에이고, 시애틀, 올랜도, 마이애미비치, 뉴욕, 워싱턴 등 열 개가 넘는 도시를 여행했다.

미국에서 처음으로 혼자 찾아간 여행지는 시카고였다. 시카고는 미국의 3대 도시로 꼽히지만, 동시에 가장 위험한 도시이기도 하다. 한 미국인 유튜버에 의하면, 1990년대 시카고에서 경찰이 흑인에게 총을 열여섯 발이나 쏜 사건이 벌어졌는데 시민들이 이에 반발하면서 경찰의 공권력이 많이 약해져 시카고 남부의 갱단이 확장했다고 한다. 실제로 시카고에서 지내는 동안 농담이 아니라 2~3분에 한 번씩 사이렌 소리를 들었다. 솔직히 여행 전에는 시카고에 대해 잘 몰랐고 이곳을 첫번째 여행지로 선택한 건 에번스빌에서 차로 여섯 시간, 버스로 열 시간, 비행기로 한 시간 거리라 비교적 가까운 대도시였기 때문이다.

10월 초 일주일 정도 학교 수업을 쉬는 가을방학Fall Break 때 3박 4일 일정으로 시카고 여행을 계획했다. 미국 땅에서 나 홀로 첫 여행이었기 때문에 비행기를 타는 게 안전할 것 같아 일단 비행기표부터 구매했다. 시카고에 대해 아는 것도,

아는 사람도 없었지만 혼자 떠난다고 생각하니 기대가 됐다.

여행을 앞두고 사우디아라비아인 친구에게 계획을 이야기 했더니 시카고에 자기랑 친한 데본이라는 친구가 산다며 소개해주겠다고 했다. 심지어는 그 친구 집에 머물러도 된다고 했다. 호의는 고마웠지만 솔직히 부담스러웠다. 아무리 친해도 한 번도 본 적 없는 나를 선뜻 재워주겠다니 싫었다. 하지만 여행 준비를 하면서 숙소를 알아보니 호스텔을 제외하면 1박에 20만 원이 훌쩍 넘는 호텔만 검색됐다. 내가 호텔 검색이 서툴러서 그랬을 수도 있고 시카고 호텔 가격이 비싸서 그랬을 수도 있지만 혼자 가는 입장에서 금액이 좀 부담스러웠다. 3박을 호텔이 아니라 데본네 집에서 지낸다면 60만 원을 아낄 텐데 싶었다. 결국 호의를 받아들여 데본네 집에서 3박 4일 동안 신세를 지기로 했다.

드디어 여행 당일이 되었다. 학교 기숙사에서 공항까지는 차로 20분 정도 걸렸지만 버스를 타면 얼마나 걸릴지 알 수 없었다. 우버를 불러야 하나 고민했는데 국제팀 직원 하이디가 공항까지 태워주겠다고 나섰다. 하이디는 앞이 전혀 보이지 않지만 혼자 여행하다니 정말 용감하다며 나를 응원해주었다. 그러면서 시카고에서 도움이 필요한 상황이 생기면 전화하라면서 시카고 경찰 전화번호를 알려주었다. 그 번호는

응급전화번호인 911이 아닌 평범한 번호였다. 긴급 출동이 아닌 일반 민원용 전화번호인 것 같았다. 위험하니 가지 말라는 게 아니라 위험한 상황이 생기면 어떻게 대처해야 할지 정보를 알려주는 태도가 신선했다.

미국에 입국할 때 항공사 직원들끼리 나에 대한 정보가 공유되지 않아 국제 미아가 될 뻔했던 터라 이번에도 걱정하며 비행 일주일 전에 스페셜 어시스턴트 서비스를 요청했다. 다행히 이번엔 별문제 없이 만족스럽게 안내를 받았다. 인천공항에서는 항공사 지상 승무원이 공항 내에서 안내를 해줬는데 시카고 오헤어 국제공항에서는 고등학생이 나를 안내해주었다. 아르바이트처럼 고등학생들을 도우미로 고용한다는 게 재미있기도 했지만 한편으로는 이렇게 평상시에 장애인을 직접 대하면서 자연스럽게 장애인에 대한 인식이 우리와 달라지는 게 아닐까 싶었다.

나를 마중나온 데본의 친구 카르멘을 만나 데본의 집이 위치한 다운타운으로 함께 이동했다. 시카고는 에번스빌과 달리 대중교통이 무척 잘 발달해 있었다. 시각장애인인 내 입장에서는 승하차 지점이 때때로 달라지고 한 정류장에 여러 노선의 차가 정차하는 버스보다는 항상 정해진 지점에서 타고 내리고 정해진 방향으로만 향하는 전철 쪽이 훨씬 이용하기

편리했다.

　시카고 전철은 CTA라고 부르는데 블루, 레드, 오렌지, 퍼플, 엘로우, 그린, 브라운, 핑크 총 여덟 개의 노선이 운행됐다. 이중 오렌지, 핑크, 브라운, 퍼플 노선은 서울 지하철 2호선처럼 순환선이라고 한다. 전철의 시스템 자체는 서울과 거의 같았지만 해외에서 전철을 처음 타봐서 괜히 모든 게 신기했다. 전철을 타고 한 시간 남짓 걸려 데본의 집에 도착했다. 알고 보니 지하철역에서 3분 거리인 초역세권인데다 중심가인 미시간애비뉴와도 가까워 여행하기 적격인 위치였다. 간단히 집 안내를 받은 뒤 처음 만난 그녀와 3박 4일간 단기 동거(?)를 시작했다. 낯선 땅에 낯선 집, 낯선 기분이었지만 나쁘지 않은 시작이었다.

보이지 않아도
유쾌한 여행

시카고 여행의 첫 일정은 우리나라에서도 접한 적 있는 시카고 딥디시 피자 먹기! 시카고에는 소위 3대 딥디시 피자 맛집이 있다고 하는데 그중 집에서 가까운 한 곳을 방문했다.

서울에서 시카고 피자를 맛있게 먹었던 터라 현지의 맛은 어떨지 무척 기대가 됐다. 맛집답게 약간 대기한 뒤 자리에 앉았는데 친구들이 몇 조각을 먹을 거냐고 물어왔다. 서울에서는 1인 1판씩 먹었는데 두 명도 아니고 세 명이 와서 피자를 먹는데 '한 판 시킬까 두 판 시킬까'가 아니라 '한 조각 시킬까 두 조각 시킬까' 묻다니…… 한 판이 몇 조각이냐고 묻자 여섯 조각이라는 답이 돌아왔다. 피자 크기를 볼 수 없는 나에게는 다소 어리둥절한 질문이었지만 다 먹을 수 있다고 큰소리치고서 일단 한 판을 주문했다.

마침내 피자 한 조각이 내 접시에 놓였다. 포크와 나이프 끝으로 느껴지는 피자는 그리 크지 않았다. 하지만 내 입으로 들어온 피자는 컸다. 아니, 많이 두꺼웠다. 씹어보니 피자 재료는 대부분 치즈인 것 같았다. 홍대에서 먹었던 시카고 피자의 1.5배는 될 것 같았다. 두 조각을 먹자 배가 터질 것 같았지만 한 판 시키면 다 먹을 수 있다고 호언장담을 했던 터라 오기로 한 조각을 더 먹었다. 그렇게 세 조각이나 먹자 배가 너무 불러서 일어설 수조차 없을 정도였다. 시카고에서의 첫 일정은 그렇게 시카고 명물 피자를 과식하는 것부터 시작했다.

잠시 피자 집에서 숨을 돌린 뒤 친구들과 함께 시카고 도심을 산책했다. 세계에서 가장 오래되었다는 시카고상품거래소 앞에서 사진도 찍고 밀레니엄 파크를 걷다가 시카고 빈도 만져봤다. 시카고 빈은 전면이 투명해서 각도에 따라 다른 모양으로 비친다던데 나에게는 그냥 매끄럽고 차갑고 동그란 철덩어리일 뿐이었다. 밀레니엄 파크에서 조금 떨어진 그랜트 파크까지 가서 세계에서 가장 크다는 버킹엄 분수 소리를 듣고 물도 조금 맞아봤다. 바다만큼 큰 미시간호가 가까이 있는 '바람의 도시'답게 얼굴에 닿는 저녁 바람이 제법 찼다.

미국에서 교환학생 기간 동안 짬이 날 때마다 여행을 다녔다고 하면 눈이 안 보이는데 무슨 재미로 여행을 하느냐는 질문을 종종 받았다. 보통 여행이라고 하면 경치가 멋진 곳을 찾아가거나 쇼핑을 하거나 유명한 박물관에 가서 둘러보는 등 '보는' 위주의 여행을 많이 떠올리기 때문일 것이다. 하지만 보는 것이 여행의 전부는 아니다. 반복되는 일상에서 경험할 수 없는 일을 겪고, 평소에는 만날 수 없는 사람들을 만나고, 그들의 이야기를 듣는 것만으로도 여행은 충분히 즐겁다. 그런 것들은 꼭 눈으로 보지 않아도 가능하다.

그래서 나는 보기 위주의 여행보다는 직접 몸으로 느끼는 체험형 여행을 하려고 노력했고, 현지 사람들과 어울리며 그들의 이야기를 들으려고 했다. 그 덕분인지 여행 도중 특이한 일을 많이 겪은 것 같다. 영하 20도를 넘나드는 추위 속에서 길을 헤매다가 노숙인에게 안내를 받았는데 그 노숙인의 부모님이 시각장애인이었던 적이 있다. 어느 햄버거 가게에서 햄버거를 먹고 있는데 어떤 여자가 오더니 본인 삶에 희망이 없어서 생을 마감하려고 했는데 나를 보고 용기를 얻었다며 고맙다고 햄버거 값을 내준 적도 있다. 어쩌면 이런 일은 내가 눈이 보이지 않아서 겪은 일일 수도 있다. 어느 인문학 교수

님의 말처럼 다양하고 새로운 경험이 나라는 사람을 더 좋은
사람으로 성장할 수 있게 해준 것 같다.

시카고
지하철 여행

대도시 중심으로 여행한 이유는 지하철과 같은 대중교통 때문이었다. 나는 운전을 할 수 없기 때문에 혼자 돌아다니려면 지하철이나 버스 또는 우버에 의존해야 하는데 대중교통이 잘 운영되지 않는 도시에서는 우버 비용이 너무 많이 나올 것 같았다. 실제로 내가 살던 에번스빌에는 캠퍼스와 도심을 왕복하는 버스가 한 시간에 한 대 있을까 말까 했다. 그렇다고 걸어다닐 만한 거리는 절대 아니었다. 캠퍼스에서 차로 5분 걸리는 월마트까지 걸어서 가려면 40분 넘게 고속도로를 지나야 했으니까 말이다.

시카고로 혼자 여행을 왔으니 이번 기회에 대중교통을 이용해 도시를 돌아보기로 했다. 시각장애인 입장에서 도시를 제대로 경험해볼 기회가 별로 없었기 때문에 잘됐다 싶었다. 데본은 내 계획을 듣더니 좋다고만 하고 딱히 걱정하는 눈치가 아니었다. 똑같은 상황이라면 한국에서는 주변 사람들이 나를 말리거나 자기가 함께 가겠다며 부산을 떨었을 텐데 그저 "그렇구나" 정도의 무심한(?) 반응이 돌아와서 속으로 조금 놀랐다. 데본은 "저녁에 봐"라고 할 뿐 끝까지 내 눈이나 안전에 대해서 별다른 언급을 하지 않았다.

홀로 집을 나서기 전, 일단 '시잉 아이 지피에스Seeing Eye GPS'라는 내비게이션 애플리케이션부터 스마트폰에 설치했다. 시각장애인을 위해 개발된 도보용 내비네이션이라는데 한국에서는 서비스하지 않았고 대학 캠퍼스에서는 따로 보행 교육을 받았기 때문에 딱히 쓸 기회가 없던 앱이었다. 애플리케이션을 설치하고 흰지팡이도 챙겨 들고 집을 나섰다. 일단 집 근처 지하철역부터 찾아가보기로 했다.

애플리케이션에서 지하철역을 목적지로 설정했더니 남동쪽 방향으로 출발하라는 안내 메시지가 나왔다. 어디가 남서쪽인지 알 수가 없었다. 애플리케이션을 좀더 살펴보니 나침반 기능이 있었다. 스마트폰을 들고 제자리에서 돌면서 남동쪽 방향을 찾았다. 그쪽으로 조금 걸어가니 263피트(약 80미터)쯤 직진해서 우회전하라는 안내 메시지가 나왔다. 한 걸음 한 걸음 걸을 때마다 숫자가 실시간으로 1씩 줄어들었다. 덕분에 내가 올바른 방향으로 가고 있음을 짐작할 수 있었다. 출발할 때 방향을 알려준다는 점과 남은 거리가 실시간으로 파악된다는 게 마음에 들었다

지금이야 한국에도 좋은 애플리케이션이 많이 개발되어 상황이 훨씬 나아졌지만, 2017년만 해도 한국에서 시각장애인이 쓸 만한 지도 애플리케이션은 거의 없었다. 그나마 괜찮다 싶은 경우도, 출발할 때 그냥 "400미터 직진 후 좌회전하세요"처럼 어떻게 가야 하는지만 알려줬다. 처음에 어느 방향으로 가야 하는지는 알려주지 않아서 일단 모든 방향으로 30미터 정도씩은 걸어봐야 진행 방향을 잡을 수 있었다. 남은 거리도 1미터 단위가 아니라 보통은 10미터, 길게는 100미터 단위로 표시돼 기껏 한참 걸어갔는데 남은 거리가 오히려 늘어나기도 하고 거리가 줄지 않아서 원점으로 되돌아오는 일이 허다했다. 이러한 한국에서의 앱 이용 경험에 비하면 Seeing Eye GPS를 통한 보행 경험은 꽤나 신선했다.

문제는 때때로 네트워크 연결이 끊긴다는 데 있었다. 이십사 시간 언제 어디서나 모바일 네트워크 연결이 원활한 한국에서는 경험해보지 못한 예상외의 상황이었다. 네트워크 연

결이 끊기면 실시간으로 길 안내를 받을 수가 없으니 내가 올바른 방향으로 걷고 있는지 알 수가 없었다. 네트워크가 끊기기 전의 마지막 안내를 바탕으로 길을 걷다가 네트워크가 다시 연결돼 확인해보면 길을 잘못 든 경우가 종종 있었다. 그래서 어디로 가야 할지 정말 모르겠다 싶으면 주변 사람들에게 스마트폰을 보여주며 어디로 가야 하는지 물어볼 수밖에 없었다.

처음에는 아무나 잡고 물어봤다. 다행히도 내가 만난 사람들은 친절했지만 어디까지나 운이 좋았던 거지 좋은 방법은 아니었다. 낯선 사람에게 스마트폰을 넘겨줬는데 그 사람이 들고 도망가면 잡을 방법이 없었다. 그래서 이런 문제를 인지한 뒤부터는 가능하면 혼자가 아니라 여럿이 함께 다니는 사람에게 도움을 요청했다. 그나마 여럿이 함께 있는 쪽이 좀 더 안전할 것 같았다. 간혹 목적지까지 직접 안내해주겠다는 사람도 있었는데 이 경우에는 안전을 위해 최종 목적지가 아니라 그 인근의 다른 지명을 얘기하곤 했다. 보통은 한 번 도움을 받고 말아서 문제될 게 없겠지만 혹시라도 나쁜 마음을 먹은 사람에게 내가 어디 머무는지를 알려주는 건 위험할 수도 있겠다 싶어서였다. 시각장애인에게 가장 위험한 상황은 본인이 인지하지 못하는 상황이 펼쳐지는 것이다. 그렇기 때문에 예상치 못한 변수를 방지하는 일이 무엇보다 중요하다. 안전에 관한 부분은 아무리 조심해도 과할 것이 없다.

일단 1차 목적지로 삼은 지하철역까지 우여곡절 끝에 도착했다. 달리 가고 싶은 곳은 없었지만 시카고에서는 시각장애인이 지하철을 어떻게 이용하는지가 궁금했다. 한국에서는 출발하는 지하철역 입구부터 도착역 출구까지 직원이 안내해주는 서비스를 제공한다. 출발할 지하철역으로 전화를 걸어 내가 시각장애인임과 현재 위치를 알리면 역 직원이 찾아와서 내가 타야 할 지하철로 안내해준다. 그리고 내가 하차할 역 직원에게 내가 탄 열차 번호와 하차 위치를 전달해준다. 그러면 목적지에 도착했을 때 그 역 직원이 하차 지점에서 나를 만나 안내를 이어가는 식이다. 시카고에서도 이런 유의 안내가 가능한지, 다른 방식이라면 어떻게 이뤄지는지 궁금했다.

일단 내가 도착한 지하철역 전화번호를 찾아볼까 했는데 역 이름이 뭔지를 정확히 알지 못했다. 역 전화번호를 찾는다고 해도 직접 전화로 요청할 용기도 나지 않았다. 그때만 해도 미국 생활이 두어 달밖에 되지 않았을 때라 음질이 깨끗하지 않은 상황에서 이뤄지는 전화 영어는 굉장히 어렵게 느껴졌기 때문이다. 어쨌든 도움을 받으려면 역 직원을 만나야 했기에 고민하다가 지나가는 사람을 붙잡고 물어봤더니 역무실로 나를 안내해줬다. 역 직원에게 도와줄 수 있느냐고 물었더니 어느 역까지 가느냐는 질문이 돌아왔다. 거절하지는 않는구나 싶어서 어제 공항에서 오는 길에 지나친 역 이름 중 기억나는 걸 아무거나 얘기했다.

역 직원이 역무실 밖으로 나와서 지하철 플랫폼까지 나를 안내해줬다. 전날 지하철을 탔을 때는 미처 인식하지 못했는데 플랫폼에는 스크린도어가 설치되어 있지 않았다. 미국뿐 아니라 나중에 간 일본에도 스크린도어가 설치된 지하철역은 많지 않았다. 서울 지하철에 스크린도어가 설치되기 전에는 시각장애인들이 선로에 떨어지는 사고가 종종 발생했었다는데 스크린도어가 없는 지하철역에 와보니 그 말이 실감이 됐다.

내가 탈 지하철이 플랫폼으로 들어왔다. 직원이 나를 지하철에 태워주는 것까지는 한국과 똑같았지만 그다음이 달랐다. 지하철역 직원은 내가 탄 전철의 기관사 자리일 법한 곳의 문을 두드리더니 내 목적지를 공유했다. 목적지에 도착하자 그 기관사가 직접 내려서 나를 도착역 플랫폼 벤치까지 안내해준 뒤 곧 다른 사람이 올 거라고 말하고는 열차를 몰고 떠났다. 마치 택시 기사가 차에서 내려서 안내해주는 것처럼 기관사가 직접 내려서 안내해주는 방식이 여러모로 신기했다.

관점이 달라지면
이해가 달라진다

처음이 어렵지 한번 지하철을 타보니 생각보다 할 만했다. 이제 뭘 할까 하다가 카르멘이 오전에만 일이 있다고 말했던 게 떠올라 같이 밥이나 먹을까 싶어 연락을 해봤다. 그러자 어떤 축제에서 봉사 활동중인데 곧 끝나니까 놀러오라는 답이 돌아왔다. 주소를 받아 검색해보니 어느 지하철역에서 도보로 5분 거리라 혼자서 찾아갈 것 같았다. 당장 그쪽으로 가겠다고 답을 보내고 다시 한번 길을 나섰다.

어렵지 않게 다시 지하철을 타고 행사장 근처 지하철역에 도착했다. 지도 앱을 켜고 행사장을 찾아 나섰다. 한 손에는 스마트폰을, 한 손에는 지팡이를 들고 한쪽 귀에 꽂은 이어폰으로 흘러나오는 영어 음성 안내를 들으며 길을 찾아가는 건 생각보다 많은 집중력과 긴장을 요하는 일이었다. 다행히 목적지가 가까워질수록 음악소리가 크게 들렸다. 한 아주머니가 어디 가느냐고 말을 걸길래 축제장에 간다고 답했더니 자기도 그렇다며 같이 가자고 했다. 함께 걸으면서 이런저런 이야기를 하는데 오늘 저녁에 자기 집에서 바비큐 파티를 하니까 괜찮으면 놀러오라고 초대해주셨다. 처음 만난 사이인데 자기 집에 오라니 좀 이해가 안 됐지만 그냥 선약을 이유로 정중히 제안을 거절했다.

드디어 축제 장소에 도착했다. 정확히 무슨 곡인지 알 수는 없지만 길거리에서 음악이 흘러나왔고, 어디선가 음식도 파는 건지 맛있는 냄새도 났다. 눈으로 볼 수는 없었지만 귀로, 코로, 피부로 축제의 분위기와 열기가 느껴져 나도 잠시 흥겨운 분위기에 빠져들었다.

봉사 활동을 마친 카르멘을 만나 주변 샐러드 가게에서 함께 점심을 먹기로 했다. 나는 연어 샐러드를 주문했는데 시카고 피자를 처음 접했을 때와 마찬가지로 양이 상당히 많았다. 샐러드니까 다이어트식을 생각했는데 이번에도 내 오산이었다. 결국 난생처음 샐러드를 남기고 말았다.

하지만 카르멘은 그걸 그냥 버리지 않았다. 직원에게 남은 샐러드를 포장해달라고 하더니 주변 노숙인에게 그 샐러드를 건넸다. '음식을 버리는 건 아깝지만 그렇다고 먹다 남은 음식을 다른 사람에게 줘도 괜찮은가?' 하는 도덕적 갈등이 생겨났다. 내 얘기를 듣고 카르멘은 "노숙인들은 음식을 받아서 고마워하잖아. 그럼 충분하지 않을까?"라고 답했다.

남에게 도움을 받는 입장일 때가 많은 나는 서비스 제공자가 아닌 서비스 이용자 입장에서 생각해봐야 한다고 줄곧 이야기해왔다. 어쩌면 이 문제도 상황은 조금 다를지 몰라도 마찬가지의 경우였다. 나도 음식을 제공받는 노숙인 입장이 아니라 음식을 제공하는 내 입장에서 먼저 생각했으니 말이다. 관점이 달라지면 이해의 폭 또한 달라진다는 것을, 그동안 나를 대할 때의 사람들의 고민을 조금이나마 이해해본 시간이었다.

장애인만 눈이
안 보이는 건 아니야

시카고 여행 기간 동안 라이트하우스LightHouse for the Blind and Visually Impaired라는 기관을 방문했다. 이름에서 추측할 수 있듯, 시각장애인을 위한 서비스를 제공하는 복지관 같은 기관이다. 내가 캠퍼스 보행을 배운 에번스빌 어소시에이션 포 더 블라인드EAB와 하는 일 자체는 비슷하지만, 미국 주요 도시에 거점을 둔 라이트하우스 쪽이 규모가 훨씬 크고 그만큼 전문적인 서비스를 제공해주는 기관 같았다.

특별한 목적이 있었다기보다는 그저 미국 시각장애인들은 어떻게 공부하고 생활하는지가 궁금했다. 따로 예약을 하지 않았음에도 다행히 친절하게 안내해주셨다. 결론부터 이야기하자면, 미국만의 독특한 시스템은 없었다. 스마트폰과 스크린리더, 점자정보단말기 등 각종 보조공학기기의 사용법을 가르친다는 점도, 일상생활에서 사용하는 보조기기도 우리나라와 큰 차이가 없었다.

다만 미국은 땅 자체가 워낙 크기 때문에 대도시에 사는 시각장애인과 그외 지역에 사는 시각장애인에게 주어지는 교육의 기회 차이가 한국보다는 훨씬 크다고 느껴졌다. 많은 수를 만나본 건 아니지만 EAB에서 만난 시각장애인 학생들 중에는 스마트폰이나 컴퓨터를 다룰 줄 모르는 경우도 적지 않았기 때문이다. 또 한 가지 흥미로운 부분은 시각장애인만 라이트하우스를 찾아오는 게 아니라는 점이었다. 노안 때문에 자연스럽게 시력이 예전보다 떨어진 어르신들이 꽤 많이 찾아온다고 했다. 실제로 라이트하우스에서 만난 한 할아버지는 일흔 살이 넘으니 잘 보이지 않아 이곳을 찾아왔다고 말씀주셨다.

고령화가 진행됨에 따라 자연스럽게 후천적 장애인도 많아진다. 의학 기술이 눈부시게 발전하지 않는 이상 장애인 문제와 노인 문제는 전혀 별개의 문제가 아니다. 한국이라고 이런 상황이 다르지 않을 텐데 노안 때문에 할아버지 할머니가 시각장애인복지관을 찾는다는 얘기를 들어본 적도, 그런 분들을 만나본 적도 없었다. 왜 그럴까 잠시 생각해보았다.

그 이유는 아마도 심리적 장벽 때문이 아닐까 싶었다. 장애인에 대한 사회적 편견이 자리잡고 있고, 장애인을 2등 시민처럼 여기는 분위기 때문에 눈이 잘 보이지 않아도 선뜻 시각장애인복지관을 찾지 못하는 게 아닐까. 아니면 눈이 안 보여야 시각장애인이고 시력이 좀 떨어지는 건 장애가 아니라고 생각하는 건 아닐까. 어쩌면 서울이라는 내 주변 환경 때문일지도 모른다. 아무래도 나는 서울에서 자라서 서울의 사례를 많이 접하는데 노인 인구가 서울보다는 다른 지역에 더 많이 분포해 있으니 서울 외 다른 지역에서는 시각장애인복지관을 찾는 어르신들이 많을지도 모른다.

노안 때문에도 눈이 잘 안 보일 수도 있지만 맹학교에 입학했을 때 후천적으로 장애를 갖게 된 사람이 생각보다 많아서 놀랐다. 예상치 못한 이유로 갑작스럽게 시력을 잃는 경우가 너무나 많았다. 교통사고, 의료사고, 산업재해, 자살 실패, 원인 불명, 2차 성징이 끝날 때쯤 발현되는 유전병 등등 내가 들어본 사례만 해도 정말 다양했다. 세상에 사연 없는 사람이 없다고는 하지만 후천적 중증장애는 특히 원인도 다양하고 갑작스럽게 찾아온 경우가 많았다. 왜 장애가 생겼는지, 어떻게 이를 받아들일지에 대한 고민도 물론 중요하다. 하지만 장애를 가지고 삶을 살아가려면 재활을 통해 장애인으로 사는 방법을 배우는 기간이 필요하다. 무엇이 우리를 가로막는 건지 생각해볼 문제다.

처음 접한
점자 메뉴판

존 핸콕 센터 96층에 위치한 '시그니처 라운지'라는 바는 시카고의 야경 명소이기도 하고 분위기도 좋다고 해서 궁금했는데 아쉽게 예약을 하지 못했다. 대신 같은 건물에 위치한 '치즈케이크 팩토리'라는 프랜차이즈형 레스토랑에 브런치를 먹으러 갔다. 식당에서 주문을 하려다가 문득 지인이 미국 식당에서는 점자 메뉴판을 주느냐고 물어봤던 게 떠올랐다. 혹시나 하며 "점자 메뉴판 있나요?"라고 직원에게 물었다. 별 기대 없이 그저 호기심에서 건넨 질문이었다. 직원이 잠시 기다리라고 하더니 돌아와서 내 손에 두꺼운 점자책 한 권을 전해줬다.

그렇다. 그건 메뉴판이라기보다는 책에 가까웠다. 실제로 99페이지나 됐다. 수능을 볼 때 영어 점자 시험지가 102페이지 정도 됐는데 식당 메뉴판이 수능 시험지만큼 두껍다니…… 점자 메뉴판을 달라고 했더니 아무렇지 않게 가져다주는 상황도, 그게 100페이지에 달하는 상황도 황당하기만 했다.

직접 메뉴판을 읽을 수가 없으니 식당에 가면 보통은 동행한 사람이나 직원에게 메뉴 설명을 듣고 주문을 한다. 메뉴가 많은 경우에는 주문 시간이 길어질 수밖에 없으니 눈치가 보일 때도 있어서 설명을 끝까지 못 듣고 가장 일반적인 메뉴를 시킬 때가 많다. 분식집에 가면 김치볶음밥이나 제육덮밥을 주문한다거나 카페에 가면 아메리카노를 주문하는 식이다. 이런 메뉴는 90퍼센트 이상 팔기 때문이다. 다른 맛있는 메뉴가 더 있을지 몰라도 적당히 타협해버렸다. 그러던 내가 점자 메뉴판을 받고 비시각장애인들처럼 메뉴를 좀더 보고 주문하겠다며 직원을 돌려보내는(?) 경험을 하다니 난생처음 있는 일이었다.

점자 메뉴판을 펴보니 일반 책처럼 목차 페이지가 나왔다. 목차를 쭉 보니 애피타이저부터 디저트까지 다양한 메뉴가 페이지 번호와 함께 정리되어 있었다. 이 정도면 메뉴판이 아니라 요리책이 아닐까 싶을 정도였다. 쭉 메뉴를 살펴다보니 코리안 어쩌고 하는 메뉴가 있길래 그걸로 주문해봤다. '코리안 프라이드 컬리플라워'라는 메뉴였는데 식감은 생선튀김과 비슷한데 정체 모를 튀김 요리라 '대체 어디가 코리안이라는 거지……' 싶었다.

시카고 여행은 나 혼자 떠난 첫번째 여행이었다. 물론 처음부터 끝까지 혼자 지낸 건 아니지만 그래도 내가 기획하고 내가 주도한 여행이었다. 수동적으로 따라다녔던 이전 여행 때는 경험해보지 못한 것들을 많이 배웠다. 시각장애인 입장에서 경험해본 대중교통 시스템부터 하다못해 관광지 이름, 음식 이름 같은 것도 낯설지만 새로웠다. 혼자 돌아다닐 때는 친구들과 함께할 때보다 육체적으로 두세 배 이상 힘들었다. 하지만 혼자였기 때문에 나만의 속도대로 내가 궁금한 것, 내가 해보고 싶은 것을 충분히 도전할 수 있었다.

시카고는 그후에도 몇 차례 더 찾았다. 재즈 피아노 클럽에도 가보고, 한식당 사장님과 친해져 김장김치를 얻어먹기도 했다. 여러 가지 추억과 함께 고마운 사람들을 만났고 인생의 경험치를 쌓아간 시카고. 내게는 미국 내 다른 도시보다 더 특별한 추억으로 새겨진 곳이다.

라스베이거스 호텔
놀이기구 도장깨기

그랜드캐니언이라는 대자연도 만날 수 있지만 볼거리, 즐길거리가 다양한 라스베이거스 여행도 내게 잊지 못할 추억을 남겨줬다. 라스베이거스에는 수많은 호텔이 있는데 그중 '서커스서커스호텔'이라는 곳에 머물렀다. 재미있게도 이 호텔에는 실내 놀이공원이 갖춰져 있었다.

라스베이거스에 도착하고 다음날 이 놀이공원을 찾아갔다. 나는 보이지 않아도 온몸으로 스릴을 느낄 수 있는 놀이기구를 좋아해 무척 기대가 됐다. 혼자 방을 나와 호텔을 돌아다녔는데 그런 나를 발견한 호텔 직원이 보안요원을 불러줘 그들의 안내를 받아 놀이공원으로 향했다. 아침 이른 시간이라 그런지 사람들이 별로 없었다. 직원에게 놀이공원 내부 구조에 대한 설명부터 듣고 흰지팡이를 앞세워 혼자 놀이공원으로 들어갔다. 하지만 10분도 채 지나지 않아 길을 잃었다. 놀이공원 한구석에서 같은 공간을 계속 왔다갔다하는 나를 놀이공원 보안요원들이 발견하고는 본인들이 직접 안내해주면 어떻겠느냐고 제안해왔다. 예상치 못한 너무나 반가운 제안이었다. (나중에 내 소개로 다른 시각장애인 친구들이 이 호텔을 놀러갔을 때는 바빠서 안내를 못 해준다고 했다니 내가 운이 좋았던 것 같다.)

선뜻 도와준 직원분 덕분에 반나절 동안 서커스서커스호텔 내 놀이공원에 있는 모든 놀이기구를 한 번씩 타볼 수 있었다. 서커스서커스호텔 시설은 실내 테마파크처럼 규모가 좀 있는 편이었지만 그 외에 다른 호텔에서도 놀이기구를 한두 개씩은 운영하고 있었다. 호텔 놀이기구 도장깨기라도 진행하듯이 스트라토스피어호텔, 뉴욕뉴욕호텔 등을 찾아가 신나게 놀이기구를 탔다. 비록 눈으로 볼 수는 없지만 그렇기 때문에 다른 감각이 더 생생해지기도 했다.

롤러코스터를 탈 때는 언제 떨어질지 모르기 때문에 긴장감을 더 느꼈다. 바람을 가르는 속도감, 하늘로 떠오르는 듯한 부양감, 지상의 소리로부터 멀어지는 거리감 등에 더 집중할 수도 있었다. 나의 안전은 언제나 보장되어야 하겠지만 놀이기구를 탈 때의 그 예측 불가능함이 나를 사로잡았다.

라스베이거스의 여러 호텔을 방문하다보니 이곳의 분위기에도 빠르게 적응해갔다. 찾아가는 호텔마다 내게 보안요원을 붙여줘서 다른 관광객들과 마찬가지로 라스베이거스를 즐길 수 있었다.

라스베이거스에 왔으니 카지노도 한번 방문해봤다. 카지노 직원에게 눈이 보이지 않아도 할 수 있는 게임을 추천해달라고 했더니 슬롯머신을 권해줬다. 베팅, 더블베팅, 스핀 이렇게 버튼이 세 개밖에 없어서 조작이 간단했다. 돈 넣고 베팅을 누르고 스핀을 누르면 음악소리가 나는데 신나는 음악이면 얼마인지 모르지만 돈을 딴 거고, 그저 그런 음악이면 돈을 잃은 것이었다. 처음에 넣은 돈을 모두 소진하면 캐시아웃cash out을 할 수 있는데 그러면 내가 당첨된 금액을 티켓 하나로 출력해줬다. 그 티켓을 키오스크에 넣거나 직원에게 주면 실제 돈으로 바꿔준다고 했는데 나는 5달러를 넣어서 2.75달러를 받았다. 소소하게 카지노를 즐기기 나쁘지 않은 금액이었다.

그렇게 라스베이거스에서 놀이기구도 타고, 레스토랑이나 바도 이용하고, 쇼 관람이나 사진 촬영도 혼자 어렵지 않게 할 수 있었다. 드레스코드 때문에 호텔 클럽에 갔을 때는 입구 커트를 당했지만 그외에는 시각장애가 있다는 이유로 나를 거부하는 분위기는 아니었다. 라스베이거스의 화려한 불빛 대신 반짝이는 추억을 남긴 셈이다.

와일드 와일드
라스베이거스

라스베이거스에서 도전해볼 만한 이색 액티비티를 검색하다가 실탄 사격장이 눈에 들어왔다. 한국 남성은 의무적으로 군복무를 해야 하니 친구들은 총기를 다룰 줄 알지만 나는 중증 시각장애인으로 병역을 면제받은 터라 총을 만져본 적이 없어 호기심이 생겼다. 한국에도 물론 사격장은 있지만 굳이 가볼 생각을 안 했는데 이번 기회에 직접 총을 쏴보기로 했다. 사격장에 전화로 문의했더니 호텔까지 픽업 서비스를 제공해준다고 해서 신청했다.

픽업 시간에 맞춰서 가보니 픽업용 차량도 일반적인 세단이 아니라 군용차량인 험비였다. 태어나서 처음 타보는 차였다. 사격장에 도착하기 전부터 왠지 야성의 세계로 발을 내디 딘 것 같았다. 사격장에 도착해 직원에게 눈이 안 보이는데 총을 쏴도 괜찮냐고 물어보자 직원은 뭐 그런 당연한 질문을 하느냐며 총은 처음 쏴보냐고 되물었다. 처음이라고 대답했더 니 교관이 도와줄 테니까 걱정할 필요가 없다고 말했다. 일단 총부터 고르라는데 평소에 총에 관심이 있었던 것도 아니라 뭐가 뭔지 전혀 알 수가 없었다. 결국 그냥 이름이 귀에 쏙 들 어온다는 이유로 MP5 반자동 기관총을 골랐다.

교관과 함께 방음 시설이 갖춰진 사격 공간에 들어갔다. 교관의 지시대로 일단 귀마개부터 썼다. 내 손에 총을 쥐여주 더니 교관이 뭐라고 설명을 했다. 귀마개 때문에 무슨 말인지 제대로 들리지 않아 귀마개를 잠깐 빼려고 했더니 교관이 불 같이 화를 냈다. 잘못 쐈다가는 죽을지도 모르겠다 싶어서 겁 을 잔뜩 먹고 덜덜 떨면서 총을 잡았다. 설명도 잘 안 들리고 눈도 보이지 않으니 답답한 노릇이었지만 여차저차 교관이 이 끄는 대로 자세를 잡고 조준을 했다.

"숏Shoot!"이라는 교관의 지시에 따라 방아쇠를 당겼다. 예 상보다 방아쇠가 너무 쉽게 눌려서 한 번, 귀를 뚫고 들리는 총소리에 또 한번 놀랐다. 교관이 조준해준 거라 사실상 나 는 방아쇠만 당겼지만 그래도 내 손으로 총을 쏴봤다는 실감이 났다. 뒤이어 화약 냄새가 났고 탄피가 떨어지는 소리가 들렸다. 기념품 삼아 내가 쏜 과녁과 탄피를 챙겼다. 이때 챙긴 탄피를 가방에 가지고 다니다가 디즈니랜드에 가서 보안검색 때 총기 소유자로 오해받는 바람에 아쉽게도 회수당했다. 탄피는 이제 없지만 그래도 그때 내 손에 느껴진 진동뿐 아니라 소리, 냄새 등은 잊지 못할 경험으로 남았다.

라스베이거스에서 슈퍼카를 타고 카레이싱도 해봤다. 운전이라고는 놀이공원에서 타는 범퍼카 정도만 몰아봤는데 이런 내가 카레이싱을 하러 가도 괜찮나 싶었다. 상식적으로 앞이 하나도 안 보이는 사람이 운전면허학원도 아니고 레이싱장을 찾아간다는 게 말도 안 되는 일처럼 여겨졌기 때문이다. 이런 고민을 하다가 여기는 미국이고 한국에서는 상상도 못한 일을 이곳에서 많이 경험했다는 데 생각이 미쳤다. 어차피 잃을 게 없다는 마음으로 일단 레이싱장에 전화를 걸어 앞이 안 보이는데 레이싱을 즐길 수 있느냐고 물었다. 그러자 레이싱장 직원은 내 장애 정도를 확인하는 게 아니라 "운전면허가 있으신가요?"라고 질문했다. 면허가 없다고 답했더니 그러면 프로 레이서가 운전을 하고 조수석에 동승하는 식으로 카레이싱을 즐길 수 있다고 안내해줬다.

"운전면허가 있으신가요?"라니 머리를 한 대 얻어맞은 듯

충격적이었다. 그렇다, 여기가 운전면허시험장도 아니고 눈이 얼마나 보이느냐는 전혀 중요한 문제가 아니었다. 내가 무면허자라는 사실만이 중요했다. 눈이 얼마나 안 보이는지 같은 이야기는 구구절절한 사족일 뿐이었다. 시력을 가진 사람이 대다수이다보니 시력이 기본 능력처럼 느껴지지만 실제로 모든 일을 하는 데 시력이 필수 조건은 아니라는 걸 그 직원의 질문을 듣고서야 깨달았다.

안내받은 대로 레이싱장에 도착해 프로 레이서가 운전하는 차를 타보기로 했다. 차는 페라리와 람보르기니 중에서 하나를 고르라길래 람보르기니를 선택했다. 경주용 람보르기니는 두 명만 탈 수 있었고 차체가 많이 낮았다. 난생처음 슈퍼카를 타보니 놀이기구를 탄 듯 두근거렸다. 몇 주 전 부산 여행을 다녀왔다는 레이서와 함께 수다를 떤 것도 잠시. 헬멧을 쓰자 시속 300킬로미터로 질주하기 시작했다.

레이서가 운전을 하면서 경기장 구조나 속도 등에 대해서 설명해줬지만 처음에는 잘 체감이 되지 않았다. 그냥 고속도로를 달리는 느낌 정도랄까. 레이서에게 동의를 구하고 창문을 열자 바람이 미친듯이 쏟아져들어왔다. 그제야 속도감이 온몸으로 느껴졌다. 특히 내리막 구간을 달릴 때는 자동차가 롤러코스터처럼 느껴질 수 있다는 걸 알게 됐다. 커브 구간에서는 보이지도 않으면서 길이 이렇게 꺾이다가는 죽겠다 싶었다. 직접 운전하지 않아도 충분히 심장이 뛰는 재미난 순간이었다.

혼자 다니다가
아무도 모르게 죽을지도 몰라

    그간 미국에서 만난 대부분의 사람들과 마찬가지로 라스베이거스에서 만난 사람들은 내게 눈이 안 보이는데 어떻게 여행하느냐고 묻지 않았다. 대신 어디 호텔 음식이 맛있는지, 어떤 쇼가 인기인지 알려줬고, 카지노에서 행운을 잡아보라는 평범한 여행 이야기를 주고받았다. 그러면서도 택시가 어디 서 있는지 모르는 나를 위해 직접 택시까지 안내해주거나, 호텔에 도착했을 때 입구까지 데려다주는 등 필요한 도움을 주는 경우도 있었다. 부담스럽지 않게 사람을 대하고 무관심한 듯하면서도 필요할 때 자연스럽게 도와주는 이들의 모습을 보며 나 또한 그 기술을 배우고 싶을 지경이었다. 센스 있는 사람들을 만나다보니 사람들에게 전보다는 자연스럽게 내 장애에 대해 밝히게 됐다. 내가 먼저 장애인이라고 얘기해도 사람들이 장애를 이유로 차별하지 않으리라는 심리적 안정감이 아마 바탕이 되었을 것이다.

하지만 라스베이거스에서 좋은 사람만 만난 것은 아니다. '프리몬트 스트리트'에 가서 아파트 10층과 비슷한 높이로 설치된 집라인도 타고 길거리 공연도 듣고 길거리 음식도 사 먹으며 시간을 보내다가 근처에 잠시 쉴 만한 바가 없는지 찾아봤다. 그때, 낯선 남자 두 명이 어디를 찾느냐며 나에게 다가왔다. 별 의심 없이 이 근처에 갈 만한 바를 찾는다고 답했더니 본인들이 안내해주겠다고 제안했다. 딱히 거절할 이유가 없어서 그들을 따라가기로 했다. 두 남자가 내 양옆에 서서 한 팔씩 내 팔을 잡고 걸었다. 아무리 안내자가 두 명이고 시각장애인을 대해본 경험이 없다고 해도 연행하듯이 데려가는 건 일반적인 안내법은 아니었다. 그제서야 라스베이거스에서 혼자 다니다가는 아무도 모르게 죽을지도 모른다는 호텔 직원의 말이 떠올랐다. 불안에 떨며 그들을 따라가는데 다행히 곧 근처 호텔 바에 도착했다. 두 사람에게 감사인사를 하고 바텐더에게 주문을 하려고 하는데 자기들도 술을 마시고 싶은데 가진 돈이 없다며 나에게 돈을 달라고 얘기했다. 미국에서는 가지고 다니는 돈주머니 개수가 곧 목숨 개수라고 호텔 주인이 농담 반 진담 반으로 이야기한 적도 있어서 덜컥 겁이 났다.

문제는 나에게 현금이 없다는 거였다. 현금이 없다고 얘기하자 그들은 카드는 있지 않느냐며 자기네 술도 주문해달라고 말했다. 어쩔 수 없이 그들의 술까지 주문하려는 차에 호텔 보안요원들이 등장해 그들을 끌어냈다. 끌려가며 내 이름을 소리쳐 부르는 그들의 목소리가 계속해서 내 귀를 때렸다. 알고 보니 우리의 대화를 들은 바텐더가 호텔 보안요원을 호출한 거였다.

당장의 위험 요소는 사라졌지만 불안이 가시지 않았다. 결국 우버를 불러서 곧장 숙소로 돌아갔다. 누구든 그렇겠지만 특히 시각장애인 입장에서는 예상을 벗어나는 상황을 맞닥뜨릴 때 무엇보다 불안하다. 눈으로 직접 확인할 수가 없기 때문에 항상 머릿속으로 현재 상황을 상상해야 하는데, 예상을 벗어난 일이 생기면 그 상황을 제대로 인지해 올바른 판단을 내리기가 힘들다. 모르는 사람들은 따라가면 안 된다는 옛말이 하나 틀린 게 없다며 상대의 호의를 의심 없이 받아들인 순진한 태도를 다시 한번 반성했다.

나 홀로 클럽행:
살사 클래스

마이애미비치를 방문한 건 3월 초 약 일주일간의 봄방학 Spring Break 때였다. 3월이긴 했지만 당시 마이애미비치는 낮 기온이 섭씨 30도를 넘을 정도로 햇볕이 따가웠다. 사람들은 낮이면 바닷가 모래사장에 누워 일광욕을 하며 여유를 즐겼고 밤이 되면 해변가에 늘어선 클럽에 모여 술을 마시고 흥겨운 음악에 맞춰 몸을 흔들었다.

사실 처음부터 마이애미비치를 염두에 두고 온 여행은 아니라 이런 분위기라는 것도 도착해서야 알았다. 원래는 올랜도의 테마파크에 가려고 왔다가 버스로 약 두 시간 정도 떨어진 마이애미비치가 휴양지로 괜찮다길래 며칠 쉴 겸 방문했기 때문이다. 그냥 얌전히 쉬고 가려고 했는데 이른 저녁부터 밤늦게까지 클럽 음악이 거리에 흘러나오고 흥청거리며 노는 분위기가 이어지자 생각이 바뀌었다. 급기야 여기까지 왔는데 클럽에 안 가면 손해라는 생각까지 들었다. 결국 혼자서라도 클럽에 가보기로 결심했다.

한국에서는 클럽에 가본 적이 없었다. 눈이 보이지 않으니 90퍼센트 이상 청각을 통해 주변을 인식하는데 클럽에 가면 시끄러운 음악으로 내 청각이 차단되니 꺼려졌다. 친구들이랑 함께 갔다가 친구들이 괜히 나 때문에 난처해질까봐 걱정되기도 했다. 그러다보니 친구들은 내가 클럽을 안 좋아한다고 생각해 딱히 내게 권하지도 않았다. 춤은 당연히 배워본 적도, 춰본 적도 없었다. 주변 친구들이 클럽에서 어떻게 놀았는지 얘기하는 걸 술자리에서 주워들은 게 전부였다. 실제로 클럽에 가면 어떻게 놀아야 하는지도 당연히 전혀 몰랐다. 클럽에 가보자고 결심을 했지만 내가 잘 즐길 수 있을지는 여전히 확신이 서지 않았다.

인터넷 검색창에 '마이애미비치 클럽'이라고 찾아보니 한 살사 클럽에서 오픈 전 약 두 시간 동안 살사 클래스를 열어 춤을 가르쳐준다고 했다. 게다가 클래스 수강자는 클럽에서 VIP 혜택을 적용해 술도 50퍼센트 할인해준다고 했다. 내가 앞을 전혀 볼 수 없는 시각장애인이라는 사실만 제외하면 정확히 나를 위한 클럽이었다. 그 클래스에 내가 나타났을 때 사람들이 어떤 반응을 보일지 알 수 없었다. 클럽을 가겠다는 의지가 사그라들던 때, 문득 여기는 한국이 아니라 미국이라는 생각이 퍼뜩 들었다. 그렇다. 이미 미국에 와서 한국에서는 상상도 못 했던 나 홀로 여행을 몇 번이나 진행했고, MP5 실탄 사격과 레이싱카 체험 등 생각도 못 해본 일에 도전해본 터였다. 한국 사회에서 20년 넘게 지내며 내재화된 패배의식 때문에 또 한 번의 기회를 걷어찰 뻔했다. 못할 게 뭐 있겠냐 싶었다. 일단 가보자 하고 자신감이 되살아났다.

살사 클래스 시작 한 시간 반 전에 클럽에 도착해 경비에게 살사 클래스에 참석하고 싶다고 얘기했더니 사무실로 안내해주었다. 사무실에 있는 직원에게 살사 클래스 비용과 클럽 입장료를 결제했다. 흰지팡이를 들고 있는데도 경비도, 사무실 직원도 누구도 나에게 눈에 대해 한마디도 묻지 않았다. 그래도 내심 불안해서 내가 눈이 전혀 안 보이는데 춤을 배우는 데 문제가 없는지 확인했다. 그러자 직원은 너무 당연한 질문이라는 듯이 걱정 말고 제시간에 오면 된다고 안내해주었다.

시간에 맞춰 도착해보니 약 열 명 정도 모여 있었다. 본격적으로 수업을 시작하기에 앞서 간단히 자기소개부터 했다. 대부분의 수강생이 나처럼 봄방학을 맞이해 놀러온 대학생들이었다. 국제 살사 코칭 자격증을 가진 쿠바 출신 강사의 지도에 따라 라틴계 음악에서 공통적으로 나타나는 리듬부터 익혔다. 음악이 쉬워서인지 어릴 때 꽤 오래 피아노를 쳐서인지 어렵지 않게 리듬을 따라갈 수 있었다.

　리듬에 익숙해지자 본격적으로 스텝과 턴 등 춤을 가르쳐줬다. 살사는 혼자 추는 춤이 아니라 파트너와 함께하는 춤이라 강사가 수강생 한 명을 지목해 자기 파트너로 삼고 시범을 보여줬다. 수강생들은 그걸 보고 짝을 바꿔가면서 동작을 반복하는 식으로 수업이 이뤄졌다. 내가 시범을 위한 조교(?)로 선정되어 자연스럽게 수업에 참여할 수 있었다. 클래스를 접수할 때 직원이 한 말처럼 시력은 전혀 중요하지 않았다.

　두어 시간 동안 쉬지 않고 몸을 움직였더니 꽤 힘이 들었다. 하지만 거기서 끝이 아니었다. 수업을 들었으니 이제 실전에 나설 차례였다. 다른 수강생들과 함께 야생의 클럽으로 내보내졌다. 이제부터는 스스로 살아남아야 했다! 클럽 직원이 바와 스테이지 위치 등 클럽 구조에 대해 자세히 설명해주었다. 이것이 일반적인지는 알 수 없지만, 내가 아는 미국 클럽 주변에는 경찰이 항상 대기하고 있었다. 그래서 비상시에는 어디서든 손을 들어 경찰에게 도움을 요청하면 됐다.

방금 전까지 수업을 들은 터라 기운이 빠져 먼저 숨부터 돌렸다. 바에 앉아서 모히토를 마시며 일단 좀 쉬었다. 옆에 누가 앉아 있는지도 모르니 함께 춤을 추자고 권할 수도 없는 노릇이었다. 속으로 신세한탄을 하다가 일단 흰지팡이가 든 가방을 프런트 데스크에 맡기고 스테이지로 내려갔다. 항상 몸에 지니고 다닌 흰지팡이를 떼어놓자 좀 불안했지만 스스로의 감을 믿고 스테이지로 향했다. 하지만 좀처럼 방향을 잡지 못했다. 그렇게 헤매다가 주변 사람에게 도움을 받아 가까스로 스테이지에 입성했다.

거기서부터는 아주 쉬웠다. 흘러나오는 음악에 맞춰 몸을 흔들었다. 힘들게 배운 춤은 벌써 기억이 가물가물했지만 그래도 리듬을 타는 데는 전혀 문제가 없었다. 한참을 혼자 노는데 아까 같이 수업을 들었다며 누가 말을 걸어왔다. 그와 함께 놀다보니 몇 명이 더 합류했고 그렇게 다 같이 춤을 췄다. 내가 먼저 말을 걸 수가 없으니 수업을 안 들었으면 클럽 구석에서 혼자 재미없게 놀다 갈 뻔했구나 싶었다. 그렇게 새벽 두시쯤까지 시간 가는 줄 모르고 사람들과 어울려 클럽을 즐겼다.

다른 사람과 무언가를 함께할 때 나만 장애인인 경우가

있다. 사실 맹학교를 졸업하고 대학생이 되고 나서부터는 대부분의 상황이 그랬다. 이때 그 무리에서 나의 장애가 부각될 때도, 느리지만 비교적 자연스럽게 녹아들 때도 있다. 모든 상황이 그렇지는 않겠지만, 내 경험상 사람들이 나의 장애를 먼저 의식하고 특별한 도움을 주려고 할 때 나의 장애가 오히려 더 부각이 되는 듯하다. 사람들이 악의로 그러는 게 아니라는 사실도, 나를 배려해준다는 것도 안다. 그리고 그로 인해 내 몸이 더 편해지기도 한다. 하지만 내가 없는 자리에서 타인이 나의 장애를 언급하고 평가한다는 사실에, 나아가 내가 요청하지 않은 도움을 일방적으로 제공해주는 상황에 때때로 불편함을 느낀다. 그런 불편함이 계속되다보면 자연스럽게 그 활동을 그만두게 된다.

아쉽게도 한국에서는 그런 상황에 자주 처했다. 평소에는 다양한 사람들과 어울리는 걸 좋아한다고 이야기하고 다녔지만 나도 모르게 피아노, 달리기, 수영처럼 혼자 하는 취미나 활동을 선호했다. 하지만 마이애미비치 살사 클럽을 방문하면서 생각이 조금 달라졌다. 어떤 활동을 어떻게 하면 사람들과 자연스럽게 어울릴 수 있을지 좀더 고민하게 됐다. 어쩌면 앞으로도 끊임없이 고민해야 할 숙제일지도 모른다. 살사처럼 사람들과 자연스럽게 어울릴 수 있는 콘텐츠를 좀더 찾고 싶다.

꼭 혼자 하지 않아도
괜찮아

서던인디애나대학교를 다니는 동안, 학교 밖 지역 사회에서 봉사 활동을 하는 커뮤니티 서비스에도 참여해봤다. 미국에 막 도착했을 때 EAB에서 캠퍼스 보행을 배우며 도움을 받았던 터라 나도 인디애나주에 사는 시각장애인 학생들에게 스마트폰 사용법 같은 기본적인 IT 지식을 나눠주고 싶었다. 말은 거창하지만 실상 보행 선생님을 따라다니며 인디애나주 여기저기에 흩어져 사는 시각장애인 학생들을 만나 그들의 생활을 배우는 일에 더 가까웠다.

미국은 시각장애인 학생들을 맹학교 같은 특수학교에서 교육하기보다는 IEPIndividual Education Plan라고 하는 개인

별 맞춤형 커리큘럼을 바탕으로 지역 학교에서 비장애인 또래 학생들과 함께 가르친다. IEP 프로그램을 제공하는 EAB 같은 시각장애인 전문 기관에서는 점자, 보행 등 시각장애인이 생활하는 데 꼭 필요하지만 일반 학교에서는 배울 수 없는 부분을 가르쳐준다. 이때 전문 특수교사가 직접 학생을 찾아가기도 하고, 학생들이 기관을 찾아오기도 한다. 학생들이 집 근처 학교를 다녀서인지 나 같은 외지인들은 현지 시각장애인 학생을 만나기가 쉽지 않았다. 하지만 이전부터 장애인 통합교육에 관심이 많았던 터라 통합교육 방식이 일반적인 미국에서 실제로 그렇게 생활하는 시각장애인 학생들을 만나보고 싶었다.

4개월 동안 약 이삼 주일에 한 번씩 세 명의 학생을 꾸준히 번갈아가며 만났다. 주로 학교 근처에서 보행 교육을 진행했지만 가끔은 시내로 나가 길 건너기 연습도 했다. 메인 교사는 항상 EAB 보행 선생님이었지만 나도 아이들에게 보행 관련 애플리케이션 사용법을 보조 수단으로 가르쳐주었다. 우리나라는 스마트폰 사용이 대중화되었지만 미국은 달랐다. 내가 만난 학생 중 한 명만 스마트폰을 사용할 줄 알았고 나머지 두 명은 아예 가지고 있지도 않았다. 여러 가지 이유에서 사용하지 않을 수도 있겠지만, 개인적으로는 시각장애인이라면 하루라도 빨리 IT 기기 사용에 익숙해져야 한다고 생각한다. 신체장애 때문에 못하는 일을 IT 기술이 제한적으로나마 가능하게 도와주기 때문이다. 특히 최근에는 인공지능 AI 기술이 발달하면서 스마트폰 카메라로 정면을 비추면 내 앞에 뭐가 있는지를 간단히 설명해주기까지 한다. 표지판이나 영수증을 비추면 글씨도 줄줄 읽어준다. 스마트폰이나 컴퓨터 같은 IT 기술이 없다면 나는 혼자 책을 읽을 수도, 공부를 할 수도, 집밖을 돌아다닐 수도 없을지 모른다. 문제는 이런 기술이 유용하다는 사실을 본인이 시각장애인이 아니면 모른다는 데 있다. 직접 그 기능을 일상생활에서 사용해본 적이 없으면 그런 기능이 있는 줄도 모른다. 장애인 비장애인 통합교육을 하더라도 따로 시각장애인 커뮤니티가 필요하다고 생각하는 건 그래서다.

학생들을 만나러 오가는 차 안에서 EAB 선생님과 시각장애인의 교육과 직업 문제에 대해 많은 이야기를 나누었다. 그중 당시 EAB에서 시각장애인 예비 대학생들을 위해 기획 중이라는 여름방학 프로그램이 인상적이었다. 지역 대학교와 손을 잡고 예비 대학생들에게 여름 계절학기를 제공하는 프로그램이었다. 예비 대학생들에게 전공 지식을 미리 가르치기 위한 프로그램이 아니었다. 장애 학생으로서 교수님에게 어떻게 도움을 요청해야 하는지, 교재를 어떻게 구할 수 있는지, 캠퍼스에서 어떻게 혼자 살아가야 하는지 등 자립하기 위한 능력을 갖추기 위해 구성된 프로그램이었다.

나 역시 미국에서 혼자 생활하고 여행하면서 자립 능력을 많이 길렀다. 무엇보다도 내가 생각하던 자립의 정의가 조금 달라졌다. 이전에는 무엇이든 다른 사람의 도움 없이 혼자 하는 게 자립이라고 생각했다. 하지만 미국에서 지내면서 '혼자 하면 좋겠지만 그게 불가능하다면 필요한 도움을 적절히 주변에 요청해서 목표한 일을 해내는 능력'이 자립이라고 좀더 넓은 관점에서 생각하게 되었다.

함께 즐기는
놀이 문화

라스베이거스 호텔에서도 놀이기구를 즐겼지만 좀더 본격적으로 즐기기 위해 올랜도에 있는 디즈니랜드를 찾았다. 이번에는 혼자 가지 않고 당시 다른 지역에서 교환학생 생활중이던 대학 친구들과 함께 떠났다.

디즈니랜드는 테마별로 다른 파크가 총 네 곳이 있는데, 그걸 모두 돌아보는 티켓이 30만 원에 달해 좀 부담스러웠다. 우리는 이틀 동안 네 개의 파크에 입장할 수 있는 티켓을 구매했는데 이왕 돈을 냈으니 본전 생각나지 않게 새벽 여섯시 무렵에 일어나 개장부터 밤 열한시 폐장까지 알차게 놀았다. 놀이기구를 좋아해서 재미있긴 했지만 생각보다 디즈니랜드의 콘텐츠는 대부분 보는 것 위주라 아쉬웠다. 함께 간 친구들이 중간중간 설명을 해주긴 했지만 디즈니랜드 자체적으로는 그 시각 정보에 대한 해설을 전혀 제공해주지 않아서 온전히 즐기기는 부족했다.

디즈니랜드도, 이후 방문한 유니버셜스튜디오도 둘 다 장애인 고객 서비스를 갖추고는 있었다. 예를 들어 유니버셜스튜디오에서는 장애인의 경우 줄을 기다리지 않고 바로 탑승할 수 있는 익스프레스 티켓을 제공해줬다. 디즈니랜드는 따로 티켓을 주는 게 아니라 놀이기구별로 직원에게 요청하면 예약등록을 진행해줘서 시간을 효율적으로 사용할 수 있었다.

일본 여행을 갔을 때 방문한 놀이공원도 인상적이었다. 일본 놀이공원에서는 입장시에 놀이공원에 비치된 신체장애 관련 설문을 작성하면 그걸 바탕으로 내가 탈 수 있는 놀이기구와 탈 수 없는 놀이기구 목록을 줬다. 탑승이 제한되는 놀이기구는 '안전 문제'를 내세웠는데 지인들에게 물어보니 내가 방문한 곳뿐 아니라 일본 내 다른 놀이공원도 비슷하게 운영된다고 했다.

그렇다면 우리나라는 어떨까. 한국의 대표 놀이공원 중 하나인 에버랜드에서는 롤러코스터 및 몇몇 놀이기구를 시각장애인이 탑승할 수 없었다. 한국 역시 안전상의 이유를 내세

왔지만 이에 반발한 시각장애인이 2015년 소송을 제기하면서 변화가 시작된다. 오랜 법적 다툼 끝에 2023년에 안전상의 이유로 시각장애인의 놀이기구 탑승을 제한하는 것은 장애인 차별금지법에서 금지하는 장애인 차별행위에 해당한다는 판결이 나왔다. 결국 에버랜드는 자체 운영 매뉴얼 수정 및 직원 교육을 진행하게 되었다.

한국이나 일본은 장애인에 대한 서비스나 정책이 시스템적으로는 어느 정도 갖춰져 있다. 하지만 그 정책의 이면은 시혜적이라는 해석도 존재한다. 권리로서 보장해주는 것이 아니라 시혜적 차원의 보장이라는 것이다. 놀이공원 입장 거부를 당해보니 그럴 수도 있다는 생각이 들었다.

여기저기 놀이공원을 다녀보면서 또하나 고민한 부분이 있다. 일상적인 문화생활에서 장애인과 비장애인이 함께 즐길 수 있는 콘텐츠가 여전히 부족하다. 눈이 보이지 않는다는 조건 때문에 같은 시간대에 같은 경험을 공유한다는 게 생각보다 쉽지 않았다. 아무리 스포츠가 '공정한 경쟁'을 가치로 내세운다고 해도 신체적 조건이 다르니 그 기준을 세우기가 쉽지 않았다. 경쟁에 집중하기보다 다른 사람들과 같은 공간에서 같은 시간대에 같은 경험을 하고 있다는 수준만이라도 놀이 문화가 발달하면 좋겠다. 그런 의미에서 국내에 '배리어

프리 영화'가 도입되는 상황이 반갑다. 배리어프리 영화가 보다 보편화되어 언제 어디서 누구와 함께든 똑같이 영화를 보고 소감을 주고받을 수 있는 날을 바라본다. '장애인이 비장애인과 함께 놀 수 있는 사회'가 장애인과 비장애인이 진짜로 함께 살아갈 수 있는 사회가 아닐까.

보조공학 신기술의
세계를 접하다

    캘리포니아주립대학 노스리지 캠퍼스에서는 매년 'CSUN 콘퍼런스'라는 보조공학기술 콘퍼런스를 개최한다. 보조공학 기술 분야의 콘퍼런스 중에서는 전 세계에서 손꼽히게 큰 규모로 진행되는 행사다. 2018년 3월, 이 콘퍼런스에 참여하기 위해 비행기를 타고 그해 콘퍼런스가 열린 샌디에이고로 떠났다. CSUN에서는 신체적인 불편함이 있거나 장애가 있는 사람들을 돕는 보조공학기술을 발표하고, 관련 제품을 전시하기도 했는데, 시각장애인만을 위한 콘퍼런스는 아니었겠지만, 주 타깃이 시각장애인이라고 느껴질 만큼 시각장애인을 염두에 두고 개발된 기술이나 제품이 많았다.

4박 5일간 학술제 발표가 이어졌고, 관련 기업에서 나와서 자기네 제품도 홍보했다. 구글, 마이크로소프트, 아마존, 애플 등 IT 대기업을 비롯해 정말 많은 기업을 그 자리에서 만났다. 그 가운데 한국 기업도 꽤 많이 참여했다는 점이 신기하고 반가웠다. 점자정보단말기와 점자 디스플레이는 한국 기업인 셀바스헬스케어 제품이 세계 시장 점유율 2위라고 했다. 그래서인지 우리나라 회사 중에서 가장 큰 규모로 콘퍼런스 전시회에 참여했는데 나를 보고는 멀리서 온 한국인 학생이라며 많이 챙겨주셨다. 셀바스헬스케어뿐만 아니라 터치스크린에 익숙지 않은 시각장애인들의 스마트 디바이스 사용 환경을 개선하기 위해 키패드형 블루투스 키보드를 개발하는 회사도, 점자 스마트워치를 만드는 회사도 있었다. 시각장애와 청각장애를 모두 가진 사람들의 의사소통을 돕는 제품을 개발중인 회사도 있었다. 북미나 유럽 시장에서 고급 흰지팡이를 제작 및 보급하는 회사도 한국인 대표가 운영하고 있었다.

이렇게 한국 기업도 여럿 만나서 반가웠지만 개발중인 다양한 제품을 보면서 이런 제품이 상용화된다면 큰 도움이 되겠다 싶었다. 소형카메라가 부착되어 있어서 사람 얼굴을 인식한 뒤에 그 사람이 누구인지를 골전도 이어폰을 통해 시각장애인에게 알려주는 안경이나 시각장애인들이 쉽게 사용할수 있는 무인택배함 등 장애인의 편의를 위한 장비가 다양하게 개발중이었다. 하지만 아쉽게도 국내에서는 쉽게 만나볼수가 없었다.

근본적으로 이는 구조적인 문제라고 생각한다. 요즘은 외부 활동을 하는 시각장애인들이 많아지고 있긴 하지만 사실국내 전체 중증 시각장애인 중에서 나 같은 경우는 많지 않다. 여전히 많은 사람이 장애인 기관에서 사회로부터 격리된채 살아간다. 그들에게는 밖으로 나오는 일 자체가 결코 쉽지않다. 그렇기 때문에 비장애인에 비해 경제적 자립도도 떨어지고, 재화나 서비스도 자유롭게 소비하기가 힘들다.

콘퍼런스에서 만난 어떤 분께서 "한국 시장은 너무 많이얼어 있어서 이런 사업을 확장하기 어려워요. 그래서 나는 한국에 가지 않아요. 한국에서 이런 사업을 하면 모든 걸 정치적으로 이용하려 하죠"라고 말씀하셨다. 그의 말을 들으며 아직 우리 사회는 장애인을 '소비의 주체'보다는 '지원의 대상'으로 여긴다는 생각이 들었다. 장애인 소비자에게 제품을 인정받아서 그들에게 제품을 판매하는 게 아니라 정부의 복지 예산에 의존할 수밖에 없는 시장 특성이 한국에는 존재했다. 정부의 개입이 부정적이기만 한 것은 아니다. 정부 지원 덕분에 한국의 보조공학기술이 발전한 부분도 분명 있을 테니 말이다. 다만 예산을 집행하는 정부와 실제 제품을 소비하는 장애인 사이에 소통할 수 있는 기회가 보다 많아진다면 더 좋은 제품이 세상에 나올 텐데 하는 아쉬움이 들었다.

사실 콘퍼런스에 참여하기 전까지만 해도 한국 기업은 셀바스헬스케어만 있는 줄 알았다. 그런데 여기서 한국인들을 정말 많이 만났다. 장애인 보조공학 관련 사업에 관심이 있는 사람들, 실제로 그 분야에 종사하고 있는 사람들, 박람회를 구경하러 온 사람들까지. 내가 만난 이들이 모두 한국에서 기술을 개발하고, 그들을 지원해주는 사회적인 분위기가 구축되고 장애인들 역시 제품을 소비하는 상황이 된다면 지금보다 장애인이 훨씬 더 살기 좋은 나라가 될 텐데. 이상과 현실이라는 간극이, 이 분야에 관심을 가진 사람들의 연구개발을 지원하지 못하는 작금의 현실이 아쉽기만 했다.

완벽한
사회란 없다

미국에서 교환학생으로 지낸 약 10개월 동안 많은 변화가
있었다. 영어 실력이 일취월장하지는 않았지만 그래도 영어에
대한 두려움은 많이 없어졌다. 영어로 말하기가 겁나서 문자
메시지를 선호하고, 전화 통화를 피했던 내가 고객 센터에 전
화로 컴플레인까지 할 수 있게 되었다. 여러 미국 친구들도 만
나봤고 클럽에서 핫한 밤도 보내봤다. 한국에서는 해보지 못
한 경험도 직접 몸으로 부딪혀볼 수 있었다. 이 모든 것은 미
국의 장애인차별금지법, 그리고 나의 운이 합쳐졌기 때문이었
다. 보이지는 않지만 새로운 환경에서 새로운 삶에 적응하면
서 내가 살던 커뮤니티와 그들의 커뮤니티의 차이를 배웠고

나 스스로에게 끊임없는 질문을 던지며 성찰의 기회 또한 가질 수 있었다. 그동안 '카더라 통신'으로 들어오던 미국 사회를 직접 경험해보니 역시 소문이 전부 맞는 건 아니라는 사실 또한 새삼 느끼기도 했다.

나만 변화한 게 아니었다. 학교도 나 덕분에 시각장애 학생을 지원할 수 있는 시스템을 갖추게 되었다. 내가 한국에 돌아갈 무렵, 학교 장애학생지원센터에서 나를 불렀다. 9월에 간호학과 신입생으로 시각장애인 학생을 받기로 했다고 말했다. 시력이 전혀 없는 학생이 간호학이나 의학을 전공할 수 있을지는 잘 모르겠지만, 일단 학생이 간호학 전공으로 입학할 자격을 갖추고 있기 때문에 학생의 장애를 평가하기보단 그가 학업을 유지할 수 있도록 최대한 지원해주려고 한다고 했다. 그러면서 캠퍼스 내에서 독립 보행 환경을 조성하고, 주도적으로 공부할 수 있도록 해달라는 나의 요청 때문에 새로운 신입생을 받아들일 수 있었다며 감사를 전해왔다. 학생의 꿈을 '장애'의 기준으로 평가하지 않고, 학생의 신체적 장애disability가 학업에 있어 장애obstacle가 되지 않도록 학생을 지원하겠다고 하니 같은 장애 학생으로서 뿌듯했다.

한국으로 돌아갈 때의 기분은 '시원섭섭함'이었다. 그때쯤 조금씩 한국으로 돌아가고 싶어졌기 때문이다. 오랫동안 못 만난 가족들과 친구들도, 맛있는 한식도, 놀고 마시는(?) 한국 문화도 그리웠다. 하지만 한국에 오자마자 다시 마음이 불편해졌다. 인천공항에 내려 항공사 직원의 안내를 받으며 입국 심사장까지 가는데 하염없이 걷기만 했다. 20분은 넘게 걷다가 이상하다 싶었다. '분명 무빙워크가 있을 텐데?' 나를 안내해주던 직원에게 주변에 무빙워크가 없느냐고 물었더니 '무빙워크는 있는데 그걸 타면 다치실까봐 그냥 걸어왔다'는 답이 돌아왔다! 무빙워크를 이용할지 말지 결정하는 과정에서 나의 의견은 묻지 않고 위험할 것이라고 지레짐작했다는 그 상황이 화가 났다. 한국 땅을 밟은 지 20여 분만에 기분이 상했다.

그다음날에는 지하철을 타고 가는데, 빈자리가 생겼는지 어떤 분이 갑자기 내 팔을 잡더니 의자에 끌어다가 앉혔다. 앉아서 갈 수 있도록 도와주시려고 했다는 건 감사한 일이지만 낯선 사람이 아무 말 없이 내 몸을 만지는 것은 썩 유쾌하지 않다. 미국을 가기 전이었다면 '일상에서 흔히 겪는 일이니까' 하고 대수롭지 않게 넘겼겠지만, 미국 생활에 익숙해 있던 그때는 강한 반발심이 들었다. 미국에서는 대중교통을 이용할 때 사람들이 "도와드릴까요?" 하고 먼저 물어봐줬는데 하는 생각이 자꾸만 들었다.

이렇게 작지만 커다란, 누군가는 '뭘 그런 걸 가지고……' 라고 말할 만한 사소한 일들로 스트레스를 많이 받았다. 무엇보다 미국에서 혼자 지내면서 올라갔던 자신감이 뚝 떨어졌다. 미국에서는 보행 내비게이션 애플리케이션을 이용해 혼자 여행도 무리 없이 할 정도였지만 우리나라에서는 시스템이 따라주지 않았다. 미국에서는 몇백 킬로미터 거리의 관광지까지 혼자 찾아갔는데, 귀국하고 신촌역에서 100미터 떨어진 음식점을 못 찾아가는 현실이 답답했다. 내가 가고 싶은 곳, 내가 먹고 싶은 것, 내가 하고 싶은 것을 내가 결정하고 행동하는 데서 오는 자신감이, 내 인생을 주체적으로 산다는 생동감이 들지 않았다. 한국 사회에 전반적으로 만연한 '장애인은 보살핌의 대상'이라는 분위기가 싫었다.

물론 나라마다 시스템도 사회 분위기도 다르다는 걸 안다. 어딜 가든 완벽한 사회도 없을 것이다. 미국 역시 완벽한 사회는 아니었다. 하지만 현재의 한국 사회가 장애인이 살기 좋은 사회라고 말할 수 있을까?

물론 20년 전 장애인들의 삶과 10년 전 장애인의 삶이, 10년 전 장애인의 삶과 현재 장애인의 삶은 또 다르다. 장애인 관련 제도가 개선되고 있고, 사회적인 인식도 빠르게 변화하고 있다. 이제는 어떤 사회에서 개인의 신체적 장애가 사회

적 장애로 이어지지 않을지, 그 방법을 한국 사회에 적용할
수는 없을지 고민해야 할 때다.

3부   **저도 장애는
처음이라**

한글 점자와
컴퓨터를 배우다

맹학교에 입학한 초등 1학년 때는 주로 한글 점자를 배웠다. 다행히 실명 전에 한글을 떼서 한글에 대한 기본 개념은 알았지만 점자로 글을 어떻게 표현하는지를 배워야 했다.

한글 점자는 63개의 한글 점자로 이루어져 있는데, 세로 세 개, 가로 두 개 총 여섯 개의 점을 조합해 자음과 모음을 표현한다. 한 칸에 들어간 여섯 개의 점 중 왼쪽 위에서 아래로 있는 점을 1점, 2점, 3점, 오른쪽 위에서 아래로 있는 점을 4점, 5점, 6점이라고 부른다. 이 여섯 개의 점으로 표현된 자음 모음 하나하나를 합치면 글자가 된다. 가령 ㄱ은 4점이고, ㅏ는 1 2 6점이고, 받침 ㅇ은 2 3 5 6점이다. 이걸 세 개의 칸에 나란히 쓰면 '강'이 된다. 각 자모가 어떤 점에 해당하는지를 기록해놓은 표가 '점자일람표'다. 이걸 노래로 만들어서 녹음한 테이프를 들으며 엄마가 직접 만든 점자 낱말 카드를 읽으면서 매일 등하굣길에 점자를 익혔다. 나는 운좋게도 한글을 배운 다음 실명해서 한글을 쓸 줄 안다. 하지만 영어 알파벳은 다 떼지 못하고 도중에 실명해서 영어 점자는 쓸 줄 알지만 비장애인이 쓰는 영어 알파벳은 쓸 줄 모른다. 이 말인즉 한글 점자만 쓸 줄 아는 시각장애인도 많이 있는 셈이다.

맹학교에서 점자뿐 아니라 컴퓨터도 배웠다. 집에서 몰래 게임하다가 엄마 발소리나 차 소리가 들리면 부랴부랴 컴퓨터를 껐다가 모니터가 뜨끈뜨끈해서 들통나 혼나는 게 일상이었을 정도로 원래 컴퓨터 게임을 엄청나게 좋아했다. 수술 때문에 병원에 입원해 있을 때도 500원을 넣으면 30분 정도 할 수 있는 병원 컴퓨터로 게임을 했고, 눈이 안 보이자 무엇보다 컴퓨터 게임을 못 해서 슬플 정도로 컴퓨터 게임에 진심이었다. 눈이 안 보이자 형이 게임할 때 그 소리를 듣거나 옆에 앉아서 특정 공격 키만 누르는 식으로 게임을 즐겼다. 그나마 캐릭터마다 대사가 있고 전투 소리가 다양한 RPG 게임 같은 게 들을 만했다.

맹학교에서는 컴퓨터 화면을 음성으로 읽어주는 스크린

리더로 컴퓨터를 사용하는 방법을 배웠다. 스크린리더가 컴퓨터 화면을 읽어준다고 하길래 '잘하면 나도 게임을 할 수 있겠구나' 하고 기대에 가득찼다. 하지만 스크린리더로는 게임을 할 수가 없었다. 스크린리더는 텍스트를 음성으로 바꿔주는 TTS 기술을 기반으로 하기 때문에 이미지나 영상은 설명해주지 않았다. 요즘에는 인공지능 기술이 발전하면서 사진을 넣으면 자동으로 그에 대한 설명을 텍스트로 만들어주는 텍스트 제너레이션Text Generation과 이미지 캡셔닝Image Captioning 기술도 활용되지만 그때만 해도 텍스트만 들을 수 있었다.

눈이 보이지 않으면 마우스 사용이 어렵기 때문에 많은 시각장애인들이 컴퓨터를 사용할 때 대부분 키보드로 작동한다. 그러려면 키보드 자판 위치를 외우고 익숙해져야 했다. 이를 위해 타자 연습부터 차츰 익혀갔는데 그 과정에서 시각장애인들이 즐기는 텍스트 기반의 머드Multi-user Dungeon, MUD 게임을 알게 되었다. 오늘날 온라인 게임의 시초라 할 수 있는 머드 게임은 1990년대 피시통신 시대에는 빼놓을 수 없는 콘텐츠였지만 그래픽 기반 게임이 주류가 되면서 인기가 시들해졌다. 예전에는 시각장애인과 비시각장애인 모두가 즐긴 게임이었다는데 이제는 시각장애인과 소수의 비장애인만 하는 게임 같았다. 그래도 게임에 진심이었던 나는 그 게임이라도 즐기기 위해서 아주 빠른 속도로 타자 연습을 마스터하고 컴퓨터와 친해졌다. 그렇게 빠른 타자 실력을 인정받아 학교 대표로 전국 시각장애인 워드경진대회에 출전해 입상도 하고 지금도 컴퓨터 능력으로 먹고살고 있으니 인생 모를 일이다.

비장애인을 봉사 활동이 아닌
대외 활동에서 만나다

　맹학교는 유치원부터 초등학교, 중학교, 고등학교, 전문학사까지의 교육과정을 운영한다. 그래서 유치원부터 전문학사 과정까지 쭉 다닌다면 이십 년 가까운 기간 동안 한 학교를 다니게 된다. 중학교 교육과정까지는 국민 공통 기본 교육과정을 바탕으로 하되 학생의 장애 정도를 고려해서 교육과정이 구성된다. 고등학교 과정은 실업계와 인문계 중에 선택이 가능한데 실업계는 국가 안마사 자격증 취득을, 인문계는 대학 입시를 목표로 한다.

　중학교 3학년 때, 맹학교로 봉사 활동을 온 선생님 중 한 분이 대학교 홈페이지에 들어가서 전공별 교육과정을 살펴보고 어떤 전공에 관심이 가는지 찾아보라고 권했다. 생각보다 많은 전공 과목이 있었다. 그중 '전기전자전파공학'이라는 전공이 눈에 들어왔다. 자세한 이유는 기억나지 않지만 아마 '멋진 이름'에 끌린 것 같다. 하지만 공대에 진학하려면 수학과 과학탐구 등 이과 교육과정 내신 성적도 필요했고, 수능 시험도 이과로 봐야 했다. 하지만 내가 재학중이던 맹학교는 문과 교육과정만 제공했으므로 공대를 가려면 이과 과목을 따로 공부해야 했다. 맹학교에서 문과 교육과정만 이루어져서 수능에서 이과 점자 시험지를 제공하지 않을 가능성도 있었다. 수학을 좋아하긴 했지만 이런 현실적인 문제를 무시할 정도로 수학 성적이 뛰어나거나 수학에 열의가 넘친 건 아니라 다른 문과 계열 전공으로 관심을 돌렸다.

그러다가 눈에 들어온 게 정치외교학이었다. 무슨 거창한 이유에서가 아니라 '외교'라는 단어에 꽂혔다. '정치'에는 전혀 관심이 없었지만, '외교'라고 하면 '외교관'이 떠올랐다. 외교관이 되면 몇 년에 한 번씩 나라를 옮겨다니며 살 수 있을 것 같았다. 그때만 해도 해외 여행을 가본 적이 없어서 더더욱 해외 여러 나라에서 살 수 있다는 점이 매력적으로 다가왔다. 그렇게 내 진로 희망은 외교관이, 희망 전공은 정치외교학과가 됐다.

정치외교학과에 가고 싶다고 얘기하자 엄마가 사이버외교
사절단 '반크Voluntary Agency Network of Korea, VANK'라는 단
체를 알려줬다. 온라인에서 외국인들에게 한국을 알리고, 한
국에 대해 잘못된 사실이 올라온 웹사이트나 출판물 등을
찾아 시정을 요구하는 활동을 한다고 했다. 반크에서는 학생
들이 직접 그런 활동에 참여하게 교육 프로그램도 운영하고
있었다.

반크의 프로그램 중 '청소년 대한민국 역사 외교대사'라는
프로그램을 신청해보기로 했다. 중고등학생 오백 명을 선발
한 뒤 단계별로 과제를 제시해 인터넷에서 한국과 관련된 오
류 사항을 직접 찾고 시정을 요구하는 과정 등을 체험해볼 수
있게 하는 프로그램이었다. 발대식에 가보니 전국에서 온 오
백 명의 학생 중 시각장애인은 내가 유일했다. 감사하게도 반
크에서 나를 배려해 발대식에 도우미를 배치해주었다. 하지만
두번째 교육 프로그램부터는 도우미가 없어도 괜찮다고 말씀
드렸다. 내 또래 비장애인 학생을 만날 기회가 잘 없었는데 성
인 도우미가 붙어 있으면 또래 학생들과 교류할 기회가 줄어
들 것 같았다. 내 힘으로 다른 사람들에게 먼저 다가가는 법
을, 도움을 요청하는 법을 찾아야 했다.

일단 내가 시각장애인임을 밝힐지 말지부터 결정해야 했

다. 참가자들은 페이스북 그룹이나 네이버 카페 등 온라인 공간에서 활동 상황이나 정보를 공유하며 서로 친분을 쌓았다. 그렇게 온라인에서 친해진 사람끼리 오프라인 모임을 갖거나 함께 팀을 만들어 활동하기도 했다. 온라인 활동만 생각하면 내 장애를 굳이 먼저 말할 필요는 없었다. 스크린리더 덕분에 SNS를 이용하는 데는 별문제가 없었기 때문이다. 오히려 내가 장애인이라는 사실을 글로 먼저 접하면 사람들이 편견을 가질까봐 겁이 났다.

온라인상에서는 내 장애를 밝히지 않았지만 오프라인에서 사람들을 만나면 어떻게 도움을 요청할지도 고민됐다. 보이는 게 없으면 원하지 않더라도 도움을 받아야 할 일이 참 많다. 특히 익숙하지 않은 공간에 가면 혼자 움직이기조차 쉽지 않다. 어디에 뭐가 있는지 누가 도와줘야만 알 수 있기 때문이다. 가장 심각한 문제는 화장실이 급한데 화장실이 어디 있는지 모른다는 것이다.

어떤 도움이든 간에 누군가에게 부탁을 하려면 누가 어디 있는지부터 알아야 한다. 말을 하거나 인기척을 낸다면 큰 문제가 없지만 아무 말도 없이 가만히 앉아 있거나 서 있으면 바로 옆에 사람이 있어도 모르는 경우가 허다하다. 사람이 있다고 추정되는 방향을 특정하고 거기 있을 사람에게 말을 걸어 필요한 도움을 효과적으로 전달해야 했다. 이전에 그런 경험을 해본 적도 없었지만, 중학교 3학년인 내게는 모르는 사람에게 먼저 말을 걸고 도움을 요청한다는 게 어렵기만 했다. 누군가가 내게 먼저 말을 걸어도 볼 수가 없으니 그게 나한테 하는 말인지 모른다는 문제는 덤이었다.

결과적으로 반크 활동을 하면서 친구를 만들지는 못했다. 그래도 봉사자와 피봉사자라는 관계가 아니라 같은 학생 입장에서 비장애인들을 만나고, 어떻게 하면 그들과 어울릴 수 있을지 고민해본 시간이었다. 나처럼 맹학교에 다니는 시각장애인 학생들은 보통 대학교에 입학한 뒤에야 비장애인들을 만나고 그들과의 관계를 고민하는데 나는 그 경험을 몇 년 앞서 맛본 셈이었다.

이후 고등학교에 진학해서도 꾸준히 모의 국회, 리더십 캠프 등 다양한 대외 활동에 참가해서 또래 비장애인들을 만났다. 그때마다 어떻게 하면 비장애인과 효과적으로 소통할 수 있을지 나만의 방법을 고민했다. 즉, 나에게 각종 대외 활동은 단순히 스펙을 쌓기 위한 활동이 아니라 비장애인 또래 친구들을 만날 유일한 기회였다.

넘어질
용기

　중학교 3학년 1학기 때부터 학교 영어 선생님의 추천으로
같은 학년 비장애인 친구 두 명과 나, 그리고 맹학교 같은 반
친구까지 총 네 명이 이 주일에 한 번씩 만나 영어 토론 스터
디를 했다. 다른 친구들은 모두 초등학교나 중학교 때 해외에
서 살아본 적이 있어서 영어를 자유롭게 사용했다. 하지만 그
때만 해도 나는 시험용 독해와 영문법을 조금 아는 전형적인
국내파 학생이었다. 그래서 스터디 초반에는 친구들이 영어로
토론해도 잘 알아듣지도 못하고 한두 마디만 겨우 하고 돌아
오곤 했다.
　그러던 차에 국제고등학교에 대해 알게 되었다. 국제고등

학교에서는 해외 대학 진학을 위해 국제반도 운영하고, 국제법이나 국제정치 등 국제관계학과 관련한 교육과정도 마련되어 있어서 매력적이었다. 맹학교는 한 학년 학생 수가 많지 않았다. 그래서 상위 4퍼센트, 11퍼센트 등으로 나누는 상대평가 시스템에서는 아무리 그 학년에서 1등을 하더라도 1등급이 나올 수 없었다. 그런데 국제고 입시 전형은 중학교 내신 성적 산출 방식을 상대평가제로 택하고 있었다. 현실적으로는 합격 확률이 희박했지만, 그래도 한번 지원해보고 싶었다. 맹학교 선생님들은 한두 분을 제외하고 대부분 국제고 지원을 말렸다. 합격하기도 힘들지만 설사 합격하더라도 전국에서 날고 기는 학생들이 다 모이는데 거기서 살아남기 힘들 거라고 말씀하셨다. 나를 걱정해줘서 고맙긴 했지만 학생의 도전을 응원해주지 않는 선생님들에게 서운했다.

이후 원서 접수를 하다보니 맹학교는 심지어 온라인 고입 전형 시스템에 등록도 안 되어 있었다. 그래서 온라인으로는 지원할 수가 없었고, 원서를 출력해서 지원하는 학교에 직접 제출해야 했다. 당시 맹학교 창립 100주년을 맞이해 행사를 준비할 때였는데 그동안 특목고에 지원한 학생이 아무도 없었나 의아했다.

우여곡절 끝에 한 공립 국제고등학교 사회적배려대상자

전형에 원서를 냈다. 입시 전형은 2단계로 이루어져 있었다. 1단계는 서류 전형으로 중학교 영어 내신 성적과 '자기주도 학습계획서'라는 일종의 자기소개서를 기반으로 평가했다. 2단계는 PT 면접 전형으로 7분 동안 제시된 질문을 읽고 마찬가지로 7분 동안 그 질문에 대해 발표해야 했다. 모두가 내가 1단계에서 불합격할 것이라고 예상했지만 기적(?)이 일어났다. 1단계 서류 전형을 통과했다. 알고 보니 1단계에서 모집 정원의 1.5배수를 선발했는데 내가 지원한 사회적배려대상자 전형의 최종 경쟁률은 1.4:1이었다. 지원자 전원이 1단계에 합격한 것이다. 예상치 못하게 면접 기회가 생겼다. 어쩌면 합격할지도 모른다는 기대감이 고개를 들었다.

한편으로는 면접을 제대로 볼 수 있을지 걱정도 됐다. 질문지가 묵자로만 인쇄되어 있으면 나는 읽을 수 없기 때문이다. 엄마가 학교에 문의해봤지만 걱정 말라는 답만 돌아왔다. 불안했지만 내가 할 수 있는 건 더이상 없었다. 그렇게 면접 날이 밝았다. 엄마와 함께 면접 고사장을 찾아가 대기실에 가보니 점자 질문지가 준비돼 있었다. 심지어 점자 프린터로 출력한 게 아니라 직접 손으로 찍은 점자였다. 전혀 예상치 못한 상황이었다. 국제고 입시 담당 선생님께서 나를 위해 서울시와 서울시 교육청에 요청해 점자를 쓸 줄 아는 사람이 면접 당일에 학교로 와서 질문지를 직접 옮겨 적었다고 들었다. 질문지를 읽고 발표를 준비하는 면접 준비 시간도 7분이 아닌 12분으로 연장해주었다. 일반적으로 시각장애인이 시험을 보면 시험 시간의 1.5배에서 2배로 시간을 늘려주는데 대학 수학능력시험 기준인 1.7배를 참고해 적용한 듯했다. 나 같은 지원자가 처음이라 학교측도 많이 고민한 것 같았다.

아쉽게도 결과는 불합격이었다. 내가 생각해도 많이 부족했기에 어느 정도 예상한 결과이긴 했다. 하지만 간절히 원하고 노력했지만 성취하지 못할 수도 있다는 걸 처음으로 경험했다. 머리로는 결과를 이해하고 받아들였지만 꽤 오래 좌절했다. 왜 불합격했는지 면접과정을 되짚어보며 어쩌면 실패한 사람들의 경험을 배우는 게 실패를 줄이는 길일지도 모르겠다 싶었다. 성공담을 들어도 도움은 되겠지만 실패담을 참고해 그 길을 가지 않는 게 성공에 가까워지는 데 더 중요할지도 모르겠다 싶었다.

내가 비장애인 학생들과 최대한 같은 조건에서 면접을 볼 수 있게끔 국제고에서 점자 질문지와 시험 시간 조정 등 적절한 환경을 제공해주었기 때문에 불합격 원인을 외부가 아닌 내 안에서 찾을 수 있었다. 이렇듯 '장애로 인한 불편함을 보조해주는 지원'을 보다 공식적인 용어로 '정당한 편의제공

Reasonable Accommodation'이라고 말한다. 실제로는 어땠을지 모르겠지만, 적어도 면접과정에서 장애 때문에 내 역량을 제대로 발휘하지 못했다고 느끼지는 않았다. 그랬기에 보다 객관적인 관점에서 불합격 원인을 분석하고 어떤 점이 부족했는지 복기할 수 있었다.

만약 정당한 편의제공이 이루어지지 않았다면 내 역량을 돌아보기보다 내 장애를 원망하고 사회에 대한 불만을 품었을지도 모른다. 각자 선 위치가 다르더라도, 당연히 불합격할 거라고 한계를 짓기보다는 도전할 때 어떤 식으로든 성장한다는 걸 또 한번 배웠다.

눈이 안 보이면
어떻게 공부를 할까?

한국에서 눈이 안 보이는 사람들은 보통 어떻게 공부를
할까? 간단히 요점만 전달하기 위해 평소에 자주 받는 질문
을 문답 형식으로 구성해보았다.

Q 한글 점자와 외국어 점자가 같은가?

A 그렇지 않다. 한글 점자, 영어 점자, 일본어 점자 등 언
어별로 점자가 모두 다르다. 하지만 숫자와 음악기호
등 전 세계적으로 통용되는 개념의 점자는 묵자처럼
공통 점자를 사용한다. 도쿄에 혼자 여행 간 적이 있는
데 호텔, 지하철 등에 설치된 점자 안내판 중 내가 읽

을 수 있는 글자는 숫자뿐이라 괴로웠다. 따라서 묵자와 마찬가지로 새로운 언어를 배우면 새로운 점자도 함께 배워야 한다.

Q 점자책을 서점에서는 못 본 것 같다. 점자책이 많이 있나?

A 우선, 일반 묵자책이 아닌 시각장애인들이 읽을 수 있는 형태로 된 책을 통틀어 '대체도서'라고 지칭한다. 점자책, 녹음도서, 확대묵자도서, 앞서 소개한 점자정보 단말기로 변환 가능한 전자 문서(데이지) 등이 모두 대체도서다.

초등학교부터 고등학교까지 교과서는 국가에서 대체도서로 제작한다. 하지만 각 학교에서 사용하는 수많은 검인정 교과서 모두를 대체도서로 제작하지는 않는다. 교과서뿐 아니라 수능 연계교재를 비롯해 EBS에서 나오는 몇몇 교재 역시 대체도서로 제작된다. 하지만 묵자 교재와 동시에 대체도서가 출간되지는 않고 묵자책이 나오고 빠르면 수개월, 늦으면 수년 후에 제작된다. 시간과 싸우는 고3 수험생 시절 수능 연계교재 대체도서 제작이 늦어져서 EBS 교재 대체도서 제작 기관에 독촉 전화를 자주 걸었다.

읽고 싶지만 대체도서로 제작되지 않은 책은 국립장애인도서관이나 시각장애인복지관 등에 대체도서 제작을 요청할 수 있다. 하지만 이 역시 제작 기간이 수개월 걸리고, 예산 문제나 대체도서 제작 난이도에 따라 요청이 거절되기도 한다.

국립장애인도서관 등에서 제작이 거부되거나 급하게 읽어야 할 때는 가족, 친구 등 주변 사람들에게 책을 컴퓨터 워드 문서로 타이핑해달라고 부탁한다. 일반적으로 컴퓨터 키보드로 입력된 한글이나 영어는 스크린리더나 점자정보단말기로 읽을 수 있기 때문이다. 하지만 수학 공식이나 한자, 음악 악보, 그림 등은 아직 스크린리더나 점자정보단말기로 곧바로 읽을 수 없어서 이 방법으로 전문 분야 책을 읽는 데는 한계가 있다. 최근에는 컴퓨터 비전 분야의 인공지능 기술 중 하나인 OCR 기술이 발전해 급한 경우 묵자책을 스캔해서 읽기도 하고 문서 타이핑 봉사 단체에 부탁하기도 한다. 단 이렇게 제작된 전자 문서를 개인이 배포하면 저작권법 위반으로 처벌받을 수 있기 때문에 보통 개인 소장용으로만 쓴다.

Q 몇 개월 정도 걸리는 대체도서 제작 기간이 실제 공부에 미치는 영향이 있다면?

A 앞으로 무엇을 공부할지 미리 계획하는 습관이 생겼다. 정확히 말하면 이 계획 없이 공부를 지속할 수가 없다. 대체도서를 제작할 수 있는지, 제작 기간은 얼마나 걸릴지를 요청하기 전까지 알 수 없기 때문이다. 고등학생 때는 매 학년 초에 다음 학년 수학 문제집 대체도서 제작 요청을 넣었다. 대학생 때는 한 학기가 거의 끝나자마자 다음 학기에 어떤 수업이 열리는지 알아보고 내가 수강할 과목 교수님들께 어떤 교재를 사용하는지 여쭤본 후 필요하면 대체도서 요청을 진행했다.

Q 대체도서 제작 요청이 거부된 적이 있다면?

A 대체도서로 제작하기가 힘든 책이라 거부된 적도, 내가 요청한 제작 기간을 맞출 수가 없어서 거부된 적도 있다. 그림이나 수식이 많은 전공서적, 논문, 각종 기업 인적성 대비 취업준비서 등은 제작이 어렵다고 했다. 취업준비를 할 때 특정 기업 서류 전형에 합격한 후 적성검사가 서류 합격자 발표일로부터 일주일 뒤로 잡혔는데 그때는 너무 급해서 대체도서 제작을 요청할 수가

없었다. 다른 친구들은 이럴 때 곧바로 해당 기업의 적성검사 기출문제집을 서점에서 구매해 단시간에 집중적으로 풀어서 감을 익혔는데, 내가 어떤 회사 서류 전형에 언제 합격할지는 예측 불가능했기 때문에 대체도서를 제작할 수가 없었다. 내가 읽고 싶은 책을, 내게 필요한 책을 당장 읽을 수 없다는 사실은 시각장애인이 무언가를 새로 공부할 때 무엇보다 큰 장벽이다. 경쟁 사회에서 비장애인들의 한참 뒤에서 출발할 수밖에 없는 이유 중 하나라고 생각한다.

Q 학습을 위해 가장 많이 사용하는 도구는?

A 점자정보단말기와 함께 스크린리더를 가장 많이 사용한다. 점자정보단말기와 스크린리더처럼 장애인들의 일상을 돕는 기술을 '보조공학기술'이라고 부르는데 이러한 기술의 발전으로 시각장애인들의 학습 환경이 과거에 비해 획기적으로 개선되었다. 2000년대 초반까지만 하더라도 시각장애인들은 점자 교과서를 수십 번 읽고 수업을 녹음해서 그 테이프를 수백 번씩 돌려 들으며 공부했다고 한다. 지금으로서는 감히 상상할 수 없는 환경이었다.

목마른 자가
우물을 판다

국제고 진학이 실패해 자연스럽게 맹학교 고등학교에 입학해 인문계 과정을 선택했다. 외교관이 되고 싶어서 정치외교학과를 지망했지만 고등학생이 되어 이해할 수 없는 일을 몇 가지 겪으며 점차 '정치' 쪽에 관심이 생겼다.

대학수학능력시험에 응시하는 시각장애인 수험생은 점자 시험지와 확대묵자 시험지 중 하나를 선택할 수 있다. 내가 첫 모의고사를 봤던 2013년 기준으로 점자 시험지를 선택하면 비장애인 수험생보다 1.7배 긴 시험 시간이, 확대묵자 시험지를 선택하면 1.5배 긴 시험 시간이 주어졌다. 점자 시험지 응시자의 경우, 연장 시간과 함께 성우가 시험지를 처음부터 끝까지 낭독한 녹음테이프도 제공되었다. 규격화된 면적에 글자를 표현하는 점자의 특성상 같은 내용이 담겨도 묵자책보다 점자책이 훨씬 두꺼웠다. 그래서 문제 수가 많고 지문이 긴 국어나 영어 같은 과목은 점자 문제지 두께가 100페이지 정도나 된다. 그런데 언제 실명했느냐에 따라서 점자를 읽는 속도가 사람마다 천차만별로 달랐다. 수능 시험은 점자 읽기 능력을 평가하는 시험이 아닌 만큼 점자 읽기 실력대로 시험 점수가 좌우되지 않게 하려면 보조장치가 필요했다. 점자 시험지를 선택한 학생들에게 시험지를 낭독한 테이프를 제공해주는 건 바로 이 점을 보완하기 위함이었다.

문제는 그 녹음테이프에 있었다. 녹음테이프만 제공되고 그걸 재생할 플레이어는 개인이 따로 준비해야만 했다. 정확히 언제부터 녹음테이프를 제공해줬는지는 모르겠지만 내가 첫 수능 모의고사를 본 2013년에는 이미 MP3 플레이어 유행도 지나고 스마트폰으로 음악을 듣는 경우가 많았다. 카세트테이프를 재생할 개인형 플레이어를 시중에서 구하기가 거의 불가능했다. 수소문한 끝에 간신히 부모님 지인에게 오래된 카세트테이프 플레이어를 빌렸다. 2013년에 군이 녹음테이프 방식이어야 하는 건지, 다른 방법은 없는지 의아했다.

이보다 더 심각한 문제도 있었다. 점자를 쓰는 수험생은 시험 도중 메모를 거의 할 수가 없었다. 이 문제는 '읽으면서 쓰기'가 어려운 점자의 특성 때문이기도 했다. 묵자의 경우, 펜으로 글씨를 씀과 동시에 쓰여진 글씨를 눈으로 확인하기가 용이하다. 즉, 당연한 소리처럼 들리겠지만 묵자 사용자들은 글쓰기와 읽기가 동시에 가능하다. 하지만 점자를 쓰는 경우에는 이 자연스럽고 당연한, 읽으면서 쓰기가 불가능했다.

점자를 어떻게 쓰고 읽는지 설명하면 이해가 더 빠를 것이다. 점자는 종이와 펜 대신 '점판'과 '점필'이라는 도구를 사용한다. 점판은 종이를 고정하고 점이 규격에 맞게 쓰일 수 있게 돕는 틀이고 점필은 종이를 뚫는 일종의 송곳이다. 점필로 종이를 뚫어 종이 위에 오돌토돌한 점이 모여 점자가 되는데 이러한 점들의 모임을 '점형'이라고 부른다. 종이를 뚫어서 점을 표현하다보니 점필로 종이를 찌르는 면과 점이 오돌토돌하게 표현되는 면이 반대가 되고, 점을 찍는 면에서 보는 점형 모양과 점이 돌출되는 면에서 볼 때의 점형 모양 역시 180도로 다르다. 통상적으로 점자는 오른쪽에서 왼쪽으로 쓰기 때문에 묵자에서 글씨 모양에 해당하는 점형 모양은 쓰는 면과 읽는 면에서 볼 때 서로 180도 좌우 대칭이다. 따라서 점자를 읽을 때에는 쓸 때와 반대로 왼쪽에서 오른쪽으로 읽는다. 즉, 점자를 쓰고 읽으려면 다음과 같은 작업을 반복해야 한다.

1. 종이를 점판에 고정한다.

2. 새로 점자를 쓸 위치를 찾는다.

3. 점을 찍는다.

4. 점판에서 종이를 꺼낸다.

5. 종이를 뒤집는다.

6. 새로 쓴 점자 위치를 찾아 읽는다.

이미 다른 점자가 쓰인 종이에 추가로 점자를 쓰는 상황, 즉 6번에서 1번으로 넘어갈 때 새로 점자를 쓸 공간을 못 찾으면 기존에 있던 점자와 새로 쓰는 점자가 겹치는 일이 빈번하게 발생한다. 그러면 새로 쓴 점자는 물론이고 기존에 쓴 점자도 읽을 수 없게 된다. 따라서 묵자 시험지를 이용하는 수험생들처럼 문제나 본문에 밑줄을 치거나 여백에 간단히 메모를 하는 건 점자 사용자들에게는 불가능한 일이다. 메모용으로 여분의 종이를 받을 수는 있지만 점자를 쓰고 읽는 과정 자체가 번거롭고 실수하기가 쉬워서 그 역시 좋은 방법 같지는 않았다.

그래서 점자 시험지로 시험을 보는 많은 학생들이 어지간하면 기억에 의존해 문제를 풀었다. 메모하지 않고 문제를 풀다보니 영어 듣기평가에서 숫자를 잘못 기억하거나 수학에서 수식은 맞는데 중간식을 잘못 기억하는 등 사소한 실수 때문에 오답을 내는 경우가 잦았다. 사실 영어 듣기평가 문제처럼 정말 단순한 단기 기억력 부족으로 문제를 틀리면 '다음에는 신경써야지' 하고 넘길 수 있었는데, 꽤나 복잡한 수학 문제를 시간 들여 풀었는데 중간식을 잘못 기억해서 틀리면 화가 나서 참을 수가 없었다.

이는 '점자정보단말기'라는 기기를 시험장에서 사용하면 해결될 문제였다. 점자정보단말기는 자체 점자 키보드와 일종의 화면 역할을 하는 점자 출력 장치로 구성된 점자 입출력 보조공학기기다. 점자 키보드로 점자를 쓰면 기기에 내장된 점자 출력 장치로 그 내용이 실시간으로 표시되어 종이에 점자를 쓰는 것보다 훨씬 직관적이고 빠르게 점자 쓰기와 읽기가 가능하다. 그뿐만 아니라 txt나 hwp, doc 등의 포맷으로 저장된 문서 내용도 점자로 변환하고 음성으로 읽어줬다. 이런 장점 덕분에 실제 맹학교에서는 점자정보단말기를 마치 연필처럼 학업을 위한 필수 도구로 여겼다.

하지만 이 점자정보단말기를 시험장에서 사용할 수가 없었다. 점자정보단말기가 점자 입출력이나 문서 내용을 점자로 변환해주는 기능만 제공하는 것이 아니었기 때문이다. 자체 저장공간이 있어서 문서를 저장해둘 수 있고, 심지어 무선인터넷까지 사용 가능했다. 이 때문에 부정행위를 할 가능성이 있다며 시험장에서 사용할 수가 없었다. 해당 기능 때문에 부정행위가 발생할 수 있다는 의견에는 동의한다. 하지만 점자 읽기 및 쓰기 기능을 제외한 다른 기능은 쓰지 못하도록 비활성화하면 될 문제라고 생각했다. 원래 없던 기능을 만드는 건 어렵지만 있는 기능을 지우는 건 쉬우니까 점자정보단말기 개발사에서 소프트웨어 패치만 제공해주면 해결될 일이라고 생각했다.

맹학교 선생님들께 문제를 해결해달라고 요청했지만 빨리 진행될 것 같지 않았다. 당장 2년 후 수능 시험을 봐야 하니 시간이 많지 않았다. 목마른 사람이 우물을 판다고 했다. 중학교 3학년 때부터 함께 영어 스터디를 해오던 친구들에게 상황을 공유하고 우리 힘으로 문제를 해결해보기로 했다. 하지만 고등학교 1학년 학생들이 이 문제를 직접 해결한다는 건 현실적으로 불가능하니 우리를 도와줄 만한 사람들을 설득해보기로 했다. 같은 문제를 현행 방법으로 점자로 풀었을 때와 묵자로 풀었을 때 시간 차이를 분석했고, 점자정보단말기로 시험을 본 사례와 해외 시각장애인의 대학입학자격시험 사례를 조사했다. 압구정동 거리와 광화문 지하철역에 가서 시민들에게 지지 서명을 받았고, 장애인 복지기관장, 대학

교수 등 우리를 도와줄 만한 사람들을 찾아다녔다. 그러다가 공익인권변호사모임 '희망법(희망을만드는법)'에서 우리 문제에 관심을 가져줬다.

희망법 소속 변호사분들은 소송보다는 공론화와 대화로 문제를 해결하려는 우리의 뜻을 응원해주셨다. 희망법의 도움을 받아 난생처음으로 증언대회를 열고 기자, 국회의원실 등 여러 사람들 앞에서 우리가 조사했던 내용을 바탕으로 점자정보단말기가 왜 수능 시험에서 필요한지 주장했다. 증언대회 이후 놀랍게도 수능 시험을 주관하는 한국교육과정평가원에서 관계 기관과 함께 검토해보겠다고 했다. 그렇게 문제 해결을 위한 연구가 시작되었다.

여러 논의가 진행돼 결국 2015학년도 수능부터는 점자로 시험을 보는 수험생 중 희망자는 스크린리더가 설치된 컴퓨터로 시험을 볼 수 있게 되었다. 그리고 내가 응시한 2016학년도 수능 시험부터는 수리영역에 한해 점자정보단말기를 사용할 수 있게 되었다.

내가 필요해서 시작한 일이었지만, 일련의 과정을 겪으며 그전까지는 막연하게 생각했던 내 진로에 대해 좀더 진지하게 구체적인 그림을 그리게 되었다. 우리 사회를 유지하고 움직이는 법을 만드는 입법부, 그리고 그 법을 집행하는 행정부

뿐 아니라 사회 곳곳에 나 같은 장애인의 목소리를 대변해줄 사람이 꼭 필요하겠다는 생각이 들었다.

시각장애인
체스 국가대표

  사람들이 서로 친밀감을 느끼고 친구가 되는 데는 함께 공유하는 놀이 문화만한 게 없다. 그런데 장애인과 비장애인이 함께 즐길 만한 놀이 문화는 극도로 제한되어 있다. 그런 면에서 시각장애인이 만질 수 있는 특수 제작된 보드만 있다면 체스는 시각장애인과 비시각장애인이 같은 규칙으로 함께 즐기기 좋은 매력적인 게임이다.

  2015년에 서울에서 '세계시각장애인경기대회International Blind Sports Association World Games'라는 국제대회가 열렸다. 이 대회는 4년에 한 번씩 열리는 시각장애인들의 종합 스포츠 대회로, 시각장애인들의 올림픽과 유사하다. 실제로 일부

종목에는 패럴림픽 출전권이 걸려 있다. 2015년 서울에서는 육상, 수영, 축구, 볼링, 유도, 역도, 골볼, 쇼다운, 체스 등 아홉 개 종목의 대회가 열렸다. 그중 나는 대한민국의 국가대표로 체스 종목에 출전했다.

고등학교 2학년 겨울방학 때, 시각장애인 체스 국가대표 선발전을 한다는 소식을 들은 맹학교 같은 반 형이 재미삼아 같이 나가보자고 나를 꼬셨다. 초등학교 저학년 때 친형과 체스 게임을 해봐서 기본적인 체스 규칙은 알았지만 게임을 즐겨 하지는 않았다. 2월 초에 국가대표 선발전을 진행하고 EBS 수능 연계교재인 수능특강은 3월에 나올 예정이라 본격적인 수험생 생활을 하기 전 바람이나 쐴 겸, 못 이기는 척 따라나섰다. 선발전을 앞두고 같이 나가는 형과 연습 게임을 몇 판 해봤지만 한 판도 못 이길 정도의 실력이었다.

선발전은 토너먼트 형식으로 진행됐다. 참가자가 몇 명이 었는지는 기억나지 않지만 대진 운이 좋았는지 나와 형 둘 다 4강까지 올라갔다. 그리고 4강에서 우리가 맞붙었다. 게임이 진행될수록 대회 전에 했던 연습 게임처럼 나의 패색이 짙어져갔다. 한참 기싸움을 하다가 어차피 질 거면 공격하는 척이라도 해보자는 오기가 생겼다. 그래서 진행중이던 형의 공격을 무시하고 아무런 전투가 이루어지지 않던 지역에서 새로운 공격을 시작했다. 그런데 그 수가 승부수가 되었다. 내 공격이 끝나자마자 심판이 "체크메이트!"를 선언했다. 게임을 유리하게 리드하던 형은 물론이고 정작 공격을 한 나도 당황했다. 심판의 선언 이후 자세히 살펴보니 내가 이긴 게 맞았다. 그렇게 나는 어떻게 이긴지도 모르는 수를 두고 매번 졌던 형을 상대로 실전에서 첫 승리를 거두었다.

결승전에서는 4강에서와 같은 행운이 따라주지 않았다. 어떻게 해볼 수 없는 실력차로 결국 2등으로 대회를 마무리했다. 1등만 국가대표로 뽑힌다고 생각하고 재미삼아 나간 선발전이었지만 결승전까지 가서 떨어지니 괜히 아쉬웠다. 그런데 무슨 이유 때문인지 시상식을 하는데 2등까지 국가대표로 선발하기로 했다는 발표가 나왔다.

국가대표가 되려면 약 3개월 동안 국가대표 합숙훈련에 참여해야 했다. 애초에 진짜 국가대표로 뽑힐 거라고 예상도 안 했기 때문에 학교에 대회 출전 얘기도 안 한 상황이었다. 대한민국에서 산삼보다 귀한 고3이 수시 원서도 넣기 전에 중간고사도 안 보고 3개월이나 학교를 안 나오겠다고 하면 어떤 반응이 돌아올지 걱정이 되었다. 그래도 이때가 아니면 언제 또 국가대표를 해보겠나 싶었는데 다행히 엄마가 나를 지지해주었다. 학교에서도 국가대표 합숙훈련 및 대회 출전은

100퍼센트 공결로 처리해준다고 해서 대회 준비를 시작했다. 합숙훈련 기간 동안 아침 아홉시부터 저녁 여섯시까지는 체스 훈련을, 저녁을 먹고 난 이후에는 수능 공부를 했는데 지금 다시 생각해봐도 결코 쉽지 않은 생활이었다.

결국 대회에 출전했지만 결과는 아쉬웠다. 첫 출전인데다 고작 3개월 훈련받은 게 체스 이력의 전부이니 당연한 결과였다. 하지만 덕분에 세계 각국에서 온 시각장애인 친구들과 어울릴 수 있었다. 결과는 아쉬웠지만 말 그대로 참가하는 데 의미가 있었다.

눈이 안 보이면
어떻게 체스를 둘까?

체스는 가로 8칸, 세로 8칸 총 64칸의 보드 위에서 흑과 백 각각 16개 총 32개의 기물로 게임이 진행된다. 64칸은 A1부터 H8의 좌표로 표현된다. 백색 진영이 아래로 오도록 배치한 상태에서 가장 왼쪽 아래 칸은 A1, 그 위로는 A2, A3 순으로 진행되고 가장 왼쪽 아래부터 오른쪽으로 갈수록 B1, C1 순으로 진행된다. 즉, 백색 기물을 기준으로 가장 왼쪽 아래가 A1, 가장 오른쪽 위가 H8이다. 만약 흑색이 밑으로 오도록 판이 놓여 있다면 왼쪽 아래가 H8, 오른쪽 위가 A1이다. 기물은 각각의 명칭에 따라 모양이 다르게 생겼다. 그래서 일반적으로 체스 기물을 만져보면 이게 어떤 기물인지 알 수 있다.

하지만 기물의 색깔과 체스판 위 64개의 칸은 손으로 만져서 알 수가 없다. 그래서 시각장애인들은 각 기물의 색깔과 체스판을 손으로 만져서 알 수 있도록 특수 제작된 개인용 체스판을 사용한다. 이 특수 제작된 체스판은 각 칸에 동그란 홈이 파여 있고 각 기물에는 체스판 홈에 꽂을 수 있도록 핀이 있다. 그래서 기물을 판에 꽂으면 손으로 만져도 움직이지 않는다. 대회에서 사용하는 체스는 특수 제작되지 않은 일반적인 체스다. 따라서 시각장애인 선수는 실제 경기가 진행되는 메인 보드 이외에 본인이 만져서 확인할 수 있는 특수 제작된 개인용 체스 보드를 지참할 수 있다. 그리고 자기 차례일 때 개인용 체스 보드에서 기물을 움직이면서 본인이 움직이는 기물의 도착 지점 좌표를 입으로 말한다. 그러면 심판이 메인 보드에서 시각장애인 선수가 움직인 기물을 대신 움직인다. 비시각장애인이나 잔존 시력이 남은 선수는 메인 보드에서 직접 기물을 움직이고 심판이 해당 좌표를 시각장애인 선수가 알 수 있도록 말한다. 시각장애인 선수는 좌표를 듣고 개인용 체스판에 해당 기물을 움직인다.

원래 체스 선수들은 경기중인 보드의 기물을 임의로 만질 수 없고 일시적으로 옮길 수도 없다. 하지만 시각장애인 선수들은 지참한 개인용 보드에서 기물을 임의로 옮길 수 있다.

내신 시각장애인 선수의 실수로 메인 보드 기물 위치와 시각장애인 선수의 체스판 기물 위치가 달라지면 심판은 책임지지 않는다. 사실 이렇게 각 턴마다 움직인 기물의 좌표를 말하는 것은 일반적으로 각 선수들이 경기를 기록하는 기보 작성을 입으로 진행하는 일에 가깝다.

너랑 나오면
재미가 없어

소수자의 인권을 대변할 행정가가 되겠다는 목표를 가지고 노력한 결과, 서강대 정치외교학과 16학번으로 입학하게 되었다. 맹학교를 벗어나 대학이라는 새로운 세계에서 새로운 사람들을 만날 일이 기대가 됐다. 입학 전부터 인터넷 카페를 통해서 신입생들에게 각종 소식이 공유됐는데, 거기서 사회과학부 신입생 환영회 및 학과 소개 행사를 한다는 소식을 접했다.

나도 신입생이니 가고 싶다는 욕심도 났지만 한편으로는 장애인으로서 낯선 사람을 만나는 상황이 두려웠다. 만약 간다면 내가 장애인이라는 사실을 누군가에게 미리 공유해뒀야 할지, 그냥 가야 할지, 미리 이야기를 해야 한다면 누구에게 언제, 어떻게 말할지 고민됐다. 중고등학생 때도 대외 활동을 하며 비슷한 상황에 처해봤지만 그때와 달리 한 번 보고 마는 상황이 아니라 조금 더 신중하게 고민했다.

짧고 굵은(?) 고민 끝에 언제까지 피할 수만은 없는 노릇이고 그렇다면 고민할 필요가 없다는 결론에 이르렀다. 일단 참가 신청을 하고 눈이 보이지 않아서 먼저 인사를 못 하니까 나를 보면 먼저 인사해달라는 정도의 내용을 자기소개 글에 썼다. 그랬더니 얼마 지나지 않아서 학과 학생회장에게 연락이 왔다. 행사에 참여할 때 어떤 도움이 필요한지, 미리 준비해야 할 게 있다면 알려달라고 했다. 내 입장에서는 오지 말라고 안 해서 다행스러웠고, 필요한 게 있는지 먼저 물어봐줘서 고마웠다. 대외 활동을 할 때의 경험을 토대로 직접적으로 도와줄 필요는 없지만 혹시 모르니까 도움을 요청할 사람이 주변에 있으면 좋겠다고 얘기했다. 그랬더니 어차피 신입생과 재학생이 섞여 있을 거라 그 부분은 걱정하지 않아도 된다는 답이 돌아왔다. 이 과정에서 내가 만날 모든 사람에게 내가 장애인이라고 미리 밝힐 필요는 없겠지만 최소한 공식적인 행사 전에는 책임자에게 미리 내용을 공유해둬야겠다 싶었다.

행사에 참여하는 신입생들끼리 행사 전에 신촌역에서 만

나서 점심을 먹자는 이야기가 나왔다. 또다시 고민이 됐다. 같이 점심을 먹을 것인가, 말 것인가? 점심을 먹는다면 뭘 먹게 될까? 그건 내가 먹기 불편한 메뉴가 아닐까? 만약 같이 밥을 안 먹으면 나 혼자 한 번도 안 가본 대학교 강의실을 찾아갈 수 있을까? 이번에도 짧고 굵은 고민 끝에 동기들과 점심을 같이 먹고 함께 학교로 이동하기로 결정했다. 밥을 같이 먹는 것보다 한 번도 가본 적이 없는 곳을 혼자 찾아가기가 훨씬 어려울 것 같았다. 그전까지는 보통 엄마가 목적지에 데려다주셨지만 이제는 대학생이니 더는 의존하고 싶지 않았다. 아니, 솔직히 말하자면, 나를 만나는 사람들이 엄마와 함께 온 나를 보고 나는 보호가 필요한 사람이고 나의 보호자는 엄마라고 생각하는 게 싫었다.

그날 만나기로 한 동기들에게는 내가 장애인이라는 사실을 미리 공유하지 않았다. 모두 처음 만난 자리였기에 약속 장소에 도착해 서로의 인상착의를 공유할 때야 나는 눈이 안 보여서 친구들을 직접 찾을 수가 없다고, 지하철역 입구에 흰 지팡이를 들고 서 있다고 이야기해줬다. 훗날 좀더 친해진 후 그날 함께 점심을 먹었던 다섯 명의 동기들과 과거를 추억하다가 자기네는 그날이 난생처음으로 시각장애인 안내 보행을 하고 시각장애인과 같이 밥을 먹은 날이었다는 얘기를 들었다. 그렇게 나는 나만 빼고 모두가 눈이 보이는, 눈뜬 자들의 세상으로 첫발을 뗐다.

1학기 때는 동기들과 어울릴 수 있는 모임이나 행사에 가능한 한 빠지지 않으려고 노력했다. 내가 먼저 사람들을 알아볼 수가 없으니 약간의 민폐를 끼치더라도 나라는 존재를 최대한 많은 사람에게 노출해야 한다고 생각했기 때문이다. 내가 먼저 찾지 않으면 아무도 나를 먼저 찾지 않는다. 하루가 멀다 하고 술을 마셨다. 비장애인 친구들과 할 수 있는 일은 술 마시기가 거의 유일했다.

1학년 때 동기에게 "너랑 나오면 같이 할 게 없어"라는 말을 들었는데 그게 정답이다. 보통 남자 동기들끼리 피시방에 가서 게임을 하거나 축구나 농구 같은 공놀이를 하면서 친해진다. 하지만 비장애인과 내가 함께 즐길 놀이 문화를 찾기가 쉽지 않았다. 달리기는 가능했지만 생각보다는 대중적이지 않았다. 피구도 한번 해봤지만 게임이 시작되자마자 가차없이 공을 맞고 아웃되었다. 경기 시작하자마자 죽은 게 너무나 원통해서 맹학교 선생님께 연락해 소리나는 배구공을 얻어왔지만 그뒤로 아쉽게도 피구를 할 일이 없었다. 소리나는 탁구공으로 탁구도 몇 번 시도해봤다. 하지만 아무래도 탁구공 안에 구슬이 들어서인지 공이 무거워 바닥에 뚝뚝 떨어져 경기를 즐기기 힘들었다. 결국 맹학교를 졸업한 이후 제대로 된 공놀이는 해보지 못했다.

그나마 친구들과 함께 즐긴 게 술 게임이었다. 술 게임은 단순히 참가자의 이름이나 특정 지명을 외우는 암기 게임부터 박자 게임, 지목 게임, 모션 게임 등 종류가 다양하다. 이중 상대방을 손으로 가리키며 진행되는 지목 게임이나 다른 사람의 행동을 따라 해야 하는 모션 게임은 눈이 보이지 않으면 어렵지만 그래도 단순한 암기 게임이나 박자 게임보다는 이런 게임들이 더 흥이 나긴 했다.

비장애인 친구들과 술 게임을 즐기려면 게임을 좀 변형해야 했다. 지목 게임의 경우 상대방을 행동으로만 지목하는 게 아니라 지목한 사람의 이름까지 외치는 식으로 시각적인 요소를 어느 정도 청각적인 요소로 보완할 수 있었다. 소리를 지르면서 사람을 지목하면 그 사람이 앞사람보다 더 크게 소리를 지르며 다음 사람을 지목하는 공동묘지 게임을 예로 들어보자. 이 게임은 사람을 지목하면서 "아아아~ 쇼킹!"이라고 소리를 지르는 식으로 진행되는데 이 게임을 할 때는 '쇼킹' 대신 사람 이름을 외치는 식으로 변형했다. 이렇게 하면 나도 게임을 즐길 수는 있지만 참가자 이름부터 모두 외워야 해서 게임이 좀 어려워진다는 부작용이 있었다.

이외에도 바니바니 당근당근 게임 등도 변형해서 술자리 게임으로 즐겼는데 처음에는 모두가 낯선 룰이라 어려워했지만 나중에는 몇 번 해본 친구들이 다른 사람들에게도 잘 설명해줘서 비교적 재미있게 즐겼다. 그마저도 1학년 2학기부터는 술 게임에 흥미가 떨어졌지만 말이다. 그래도 모두가 어색한 와중에 이런 게임을 통해 서로 안면도 익히고, 서로 맞춰가는 법도 찾은 것 같아 의미가 있었다.

형이
무슨 장애인이야

신입생 때만 해도 장애인한테 술을 먹여도 되는가를 두고 고민하던 사람들도 있었다. 하지만 다행히 술이라도 먹어서인지 친한 사람들이 조금씩 생겼다. 처음에는 내가 어디 있든 데리러 가고 데려다줘야 한다고 생각하던 사람들이 만날 장소만 정해서 통보하는 등 점점 내 장애를 대수롭지 않게 했다. 술을 진탕 마시고 난생처음 필름도 끊겨봤다. 이렇게 말하면 그 친구들이 장애인을 배려하지 않는다고 생각할 수도 있다. 하지만 내가 눈이 보이지 않음에도 할 수 있는 것과 그럼에도 할 수 없는 것을 그 친구들은 경험으로 파악했다. 언제든 내가 도움을 요청하면 분명 어떻게든 도울 방법을 찾을 친구들이었다.

한번은 친구와 술을 마시다가 "형이 무슨 장애인이야"라는 말을 들었다. 내가 다녔던 맹학교와 장애인들의 삶에 대해 이야기하다가 나도 그들 중 한 명일 뿐이라고 자조 섞인 얘기를 하자 돌아온 반응이었다. 나를 장애인이라는 프레임에 가두지 않는다는 의미라 고맙기도 했지만 '그럼 장애인은 어떤 사람인데' 하는 생각도 들었다.

한국에서 장애인과 비장애인이 친구가 되는 건 때때로 다른 사람들의 원치 않는 관심과 시선을 끄는 일이다. 드라마 〈이상한 변호사 우영우〉에 자폐 스펙트럼 장애인이자 변호사인 우영우가 직장 동료이자 썸남 이준호에게 "우리 둘이 걸으면 사람들은 봉사 활동인 줄 안다"는 식으로 이야기하는 장면이 나온다. 우영우와 이준호가 변호사와 동료로 업무중이건 사적으로 데이트를 하는 중이건 주변의 시선이 그랬기 때문이다. 이 에피소드는 꽤 현실적인 이야기였다. 친구와 같이 운동을 하거나 밥을 먹을 때면 내 친구에게 참 착하다거나 고생한다는 말을 건네고 가는 사람이 적지 않았다. 그런 덕담(?)을 하고 떠나면 친구와 나 사이에 어색함이 흐를 때도 있었다.

대학교에서 사람들과 얘기하다보면 사실 자기 형제나 부

모님이 장애인이라고 고백하는 경우가 가끔 있다. 이런 이야기는 대부분 단둘이 있을 때, 예고 없이 갑작스레 시작된다. 보통은 내가 듣는 입장인데, 가족이 어떤 장애를 가지고 있는지, 장애인 가족의 일상생활이 어떤지, 장애인으로서 나의 삶은 어땠는지, 그들의 장애인 가족이 나처럼 비장애인들과 사회생활을 하려면 어떻게 해야 할지 등 꽤나 현실적이고 무거운 이야기가 이어진다. 그러다가 다른 사람들에게는 비밀로 해달라면서 이야기가 마무리된다.

우리나라에 장애인이 얼마나 많은지 궁금해서 찾아보니 2023년 말 기준 국내에 등록된 장애인 수는 264만 명으로 전체 인구 중 약 5퍼센트 정도였다. 단순 계산으로 장애인 가족이 3인 가족이라고 하면 전체 인구의 약 10퍼센트가 가족 중에 장애인이 있다는 가정이 가능하다. 이렇게 생각하면 생각보다 많은 사람이 장애와 무관하지 않다. 장애인을 편견을 갖고 대하기보다는 어떻게 하면 함께 살아갈 수 있을지 진지하게 고민해볼 문제다.

될놈될 안놈안
100일의 기적

신입생 때는 동기 단체 채팅방에 하루가 멀다 하고 타 학과 혹은 타 대학 학생들과 미팅한다는 모집 글이 올라왔다. 보통 3 대 3이나 4 대 4 미팅이 많았고 관심 있는 사람들이 참가해 자유롭게 또래 이성친구를 만났다. 미팅은 새내기 대학생의 로망이라고 하길래 나도 한 번 나가보고 싶었지만 미팅 모집 글에 내가 손을 들면 갑자기 분위기가 싸해질까봐 두려웠다. 게다가 고3 때 알게 된 첫사랑을 잊지 못해 미팅에 적극적으로 나서지 않았다.

고3 여름방학 때 대외 활동으로 참가한 청소년 리더십 캠프에서 그 친구를 만났다. 그 친구는 비장애인이었지만 우리는 공통점이 참 많았다. 둘 다 수능을 앞둔 고3 수험생이었고 다른 친구들보다 한 살이 많아서 둘 다 스무 살이었으며 학교에서 기숙사 생활을 하고 있었다. 이야기하다보니 공통 주제가 많아서 자연스럽게 연락을 주고받는 사이가 되었다.

처음에는 우리 관계가 이성으로서 호감에 기반한 관계라고 생각하지 않았다. 몇몇 대외 활동에서 만난 비장애인 친구들처럼 그 친구도 장애인에 대한 호기심과 동정심에 기초해 나에게 관심과 호의를 보인다고 생각했기 때문이다. 그래서 그 친구를 좋아하면서도 내 마음을 솔직하게 표현하지 못했고, 그 친구가 마음을 표현해도 부담스러워했다.

그러던 어느 날 그 친구가 직접 점자를 찍어 쓴 편지를 건네줬다. 상상도 못 한 깜짝 선물이었다. 가끔 그 친구가 점자에 대해 물어봤지만 고3이 그런 거 신경쓸 시간에 수능 공부나 더 하라고 면박을 줬던 내가 부끄러웠다. 인터넷을 보고 점자를 독학으로 익혔지만 점자를 찍는 데 필요한 점자지, 점판, 점필이 없어서 볼펜으로 찔렀을 때 찢기지 않는 적당한 두께의 종이, 펜으로 찔렀을 때 종이와 바닥 사이의 점 높이만큼의 공간을 확보할 방법을 찾으려고 갖가지 실험을 해봤다고 했다. 그렇게 찾은 조합이 컴퓨터 마우스 패드에 메모지를 대고 볼펜으로 종이를 찌르는 방법이었다. 점 간격을 맞추는 틀인 점관도 없이 점자를 찍다보니 실수가 잦을 수밖에 없었고, 그럴 때마다 종이를 버리고 다시 썼다고 했다. 그렇게 쓴 메모지를 이어붙여 만든 편지를 받으니 감동할 수밖에 없었다.

점자 편지를 받은 뒤, 실명한 지 12년 만에 연필과 펜을 잡고 글자 쓰기 연습을 시작해 묵자로 손편지를 써서 건넸다. 성적이 최상위권인 그 친구와 같은 대학을 가야겠다는 목표도 생겼다. 수능을 약 3개월 앞둔 8월 1일부터는 그 친구와 연락할 때를 제외하고는 깨어 있는 모든 시간 동안 공부만 했다. 나는 대학에 합격한 그 일을 100일의 기적이라고 부른다.

수능을 보고 합격자 발표를 기다리던 어느 날, 그녀와 통화를 하는데 그 친구 언니가 갑자기 전화를 바꿔달라고 하더니 더이상 연락하지 말라고 했다. 당황해서 뭐라고 대꾸도 못하고 듣고만 있는데 다시 그녀가 전화를 받았다. 언니분이 왜 그렇게 말했는지는 지금도 정확히는 모른다. 다만 나중에 다른 시각장애인 지인들과 이야기를 하면서 비장애인 이성과 연애를 하면 상대방 가족이 반대해서 당사자들의 의지와 상관없이 헤어지는 경우가 흔하다는 걸 알게 됐다. 주변에서 반대해 헤어지는 일이 장애인에게만 벌어지는 게 아니라는 사실은 알지만 결혼이 아닌 연애할 때부터 이런 리스크를 고려해야 한다는 현실이 슬펐다.

길 가던 장애인을 보는 상황, 친구가 장애인인 상황, 연인이 장애인인 상황, 가족이 장애인인 상황이 같을 수는 없다. 비장애인과 연애를 할 때 반대하는 그 주변 사람들의 마음도 이해는 갔다. 이런 관계의 허들에도 불구하고 연애하고 결혼까지 성공하는 장애인-비장애인 커플이 없는 건 아니다. 결국엔 될놈될 안놈안인 것 같다는 생각마저 든다.

내 마음을 표현하는 데 서툴던 시기라 결국 우리의 관계는 썸 정도에서 끝이 났다. 그렇기 때문에 그 친구에게는 지금도 고맙고 미안하다. 그 친구는 나를 꾸준히 장애인으로서가 아니라 사람으로서 대해주었다. 그 친구가 읽은 책이 점자책으로는 없어서 나는 못 읽는다고 하자 "그럼 내가 읽어주면 되잖아"라고 말해준 적이 있다. 어떻게 보면 당연한 얘기였지만 나에게 그렇게 말해준 사람은 그 친구가 처음이었다. 그 친구 덕분에 평소에 내가 사람을 대할 때 얼마나 피해의식을 가지고 편견에 사로잡혀 있었는지를 깨달았다. 그 친구를 만나고서야 나를 대하는 비장애인들이 나를 늘 시혜적인 관점에서 볼 거라는 편견에서 벗어날 수 있었다.

컴퓨터공학
복수전공

미국에서 10개월간 교환학생 생활을 마치고 한국으로 돌아와 컴퓨터공학 복수전공에 도전해보기로 했다. 정치외교학을 전공하다가 뜬금없이 컴퓨터공학과를 복수전공한다니 싶을 수도 있지만 갑자기 결심한 일은 아니었다. 몇 가지 일을 겪으며 IT 기술에 대한 전문 지식을 접하는 게 내 삶에 도움이 되겠다는 생각을 자연스럽게 하게 됐다.

1학년 때 '글로벌 의사소통'이라는 졸업 필수 과목을 수강했는데 이때 영어로 짧은 라디오 드라마를 녹음하는 팀 과제를 수행해야 했다. 대본을 쓰고 녹음을 하려면 최소 두세 번은 팀원들을 만나야 했다. 하지만 각각 전공이 달라서 팀원

다섯 명이 시간을 맞추기가 쉽지 않았다. 그때 신문방송학을 전공하는 한 팀원이 녹음 편집 정도는 어렵지 않다면서 비대면으로 과제를 수행하면 어떻겠느냐고 제안해왔다. 인터넷 방송도 해본 그 팀원 덕분에 다른 팀원들은 각자 집에서 본인 대사만 녹음해서 파일로 보내주기만 하면 됐다.

이때 그 팀원이 전문가처럼 음성 편집을 하진 않았겠지만 누구나 쉽게 할 수 없는 무언가를 할 줄 아는 능력을 키우면 그만큼 내 가치를 높일 수 있겠다는 생각이 들었다. 특히 시각장애인인 내가 그런 능력을 갖추는 일이 중요하겠다 싶었다. 많은 경우에는 눈이 보이지 않는 내가 할 수 있는 대부분의 일은 눈이 보이는 사람들이 쉽게, 심지어는 더 빠르게 진행할 확률이 더 높을 테니 말이다. 있어도 그만 없어도 그만인 잉여 인간이 되고 싶지는 않았다. 그러려면 적당한 진입장벽이 있지만 어디서나 꼭 필요한 일이라서 전문성을 인정받을 만한 나만의 무언가를 찾아야 했다.

졸업 필수 수강 과목인 '컴퓨팅 사고력'이라는 수업을 들으면서 이런 생각이 좀더 강해졌다. 이 수업에서는 대중적인 프로그래밍 언어인 파이썬과 함께 컴퓨터로 문제를 해결하는 데 필요한 기본적인 절차적 사고법을 다뤘다. 원래는 졸업 필수 과목이 아니라 컴퓨터에 어느 정도 관심이 있는 학생들을 대상으로 구성한 수업 같았는데 내가 입학한 16학번부터는 전교생이 필수로 들어야 했다. 어떤 분야를 전공하든 간에 앞으로는 누구든 기본적인 소프트웨어 역량을 갖춰야 한다는 게 학교측 입장인 듯했다. 나처럼 인문사회계열 신입생 사이에서는 "어차피 수강해야 할 거 다 같이 빨리 듣자"는 분위기가 형성되었다.

졸업 필수 과목으로 지정된 첫해다보니 신입생은 물론이고 선배들도 이 수업에 대해 잘 몰랐다. 교수님도 살면서 코딩이라는 걸 한 번도 접해본 적 없는 인문계 학생들에게 처음 가르치시는 것 같았다. 수업은 이론과 실습으로 구성되어 있었는데 많은 학생들이 좀처럼 흥미를 붙이지 못했다. 이론 시간에는 컴퓨터의 역사나 다양한 산업에서 소프트웨어가 어떻게 쓰이는지 등 비교적 일반적인 내용을 배웠다. 그리고 실습 시간에는 파이썬 문법과 코딩을 배웠다. 거의 매주 실습 과제가 나왔고 한 번 진도를 놓치면 그뒤 수업을 따라잡기가 힘들었다. 다른 인문계 친구들과 마찬가지로 나도 처음에는 고생을 많이 했다. 수업 담당 조교들이 일주일에 이틀 정도 실습 내용을 복습하고 과제에 대해 질문할 수 있는 '오픈랩'을 운영했는데 거의 매주 가서 조교들을 붙잡고 늘어졌다.

수업 내용도 어려웠지만 실습 초반에는 그래픽 사용자

인터페이스Graphical User Interface, GUI 기반 통합개발환경 Integrated Development Environment, IDE 프로그램을 사용하는 게 어려웠다 GUI는 시각적으로 표시되는 아이콘을 사용자가 클릭해서 프로그램을 동작시키는 인터페이스로 오늘날 일반적인 애플리케이션에서 대중적으로 사용되고 있다. IDE는 개발자들에게 워드프로세서와 같은 것으로, 코드 작성부터 컴파일, 실행, 디버깅 등 보다 편리하게 소프트웨어를 개발하는 기능을 제공하는 소프트웨어다. 파이썬은 IDLEIntegrated Development and Learnning Environment라는 기본 IDE를 제공하고 우리는 IDLE 사용법을 배웠다.

나에게는 크게 두 가지 문제가 있었다. 일단 나는 마우스를 사용할 수가 없는데 수업 시간에는 마우스를 이용하는 방법만 다뤘다. 내가 사용하는 스크린리더가 IDLE 프로그램을 제대로 읽어주지 못한다는 것도 문제였다. 비장애인들이 마우스로 수행하는 작업과 똑같은 작업을 키보드로 하는 방법을 찾아야 했고, 내가 입력한 코드와 그 결과도 스크린리더로 들을 수 있어야 했다. 기초 과목이어서 수행해야 하는 작업이 복잡하지는 않았다. 코드를 타이핑하고 작성한 코드를 실행할 줄만 알면 됐다. 다행히 오픈랩 시간에 만난 담당 조교장이 내 문제를 해결하기 위해 함께 고민해주었다. 그 결과 다른 학생들보다 조금은 번거롭긴 했지만 나도 참여할 수 있는 방법을 찾아 실습을 진행할 수 있었다. 그리고 해당 수업 학기말 고사에서 삼백 명 중에 1등이라는 성적을 받았다. 어쩌면 코딩이 내가 찾던, 나만의 전문성을 인정받을 일일지도 모른다는 생각이 들었다.

한국에서 이렇게 IT 기술에 대한 관심이 생겼다면 미국에 가서 교환학생 생활을 하면서 IT 기술이 장애로 인한 나의 불편을 어느 정도 해소해줄 수 있다는 걸 체감했다. OCR 기술을 이용해서 종이책을 전자책으로 전환해 공부를 했고, 보행용 내비게이션 애플리케이션을 이용해 여행을 즐겼다. 이런 IT 기술 덕분에 이전보다 훨씬 더 주도적으로 일상생활을 하게 되었다. 그러자 삶이 더 재미있어졌다. 그렇게 자연스럽게 사람들의 삶을 바꾸는 기술 개발에 관심이 갔다. 처음에는 장애인 입장에서 어떤 기술 또는 서비스가 있으면 좋겠다고 현업 개발자들에게 자주 이야기해줘야겠다 정도였다. 그런데 몇 차례 실제 개발자들을 만나 대화해보니 사용자 입장에서 요구 사항을 전달하는 데는 한계가 있었다. 나 역시 개발자들에게 기술적인 내용을 들으면 잘 이해가 되지 않았다. 결국 내가 직접 기술을 배워야겠다는 결론에 이르렀다.

컴퓨터공학을 전공하는 일은 정치외교학을 공부할 때보

다 몇 배는 더 어려웠다. 거의 매주 시험을 쳤고, 사전에 공지되지 않은 팝업 퀴즈가 많아서 복습을 철저히 진행하지 않으면 낭패를 보기 쉬웠다. 정치외교학과 수업은 리포트를 작성하는 과제가 많았는데 리포트를 완벽하게 작성하지 않아도 일단 제출하면 작성한 부분에 대해서는 부분 점수를 받을 수가 있었다.

하지만 컴퓨터공학과에서는 아무리 열심히 과제를 해서 제출해도 작성한 프로그램이 실행되지 않으면 얄짤없이 0점 처리가 됐다. 수업 교재나 자료도 컴퓨터공학과 쪽이 영어 원서도 더 많았고, 수식이나 그래프 등 시각 자료도 많아서 대체도서를 제작하기도 훨씬 어려웠다. 교수님들도 시각장애인을 처음 만나본다는 분이 정치외교학과보다 많았다.

졸업 필수로 들었던 컴퓨팅 사고력 과목과 달리 컴퓨터공학 전공 수업의 학점은 바닥을 쳤다. 급기야 백지 답안지를 내는 수업까지 생겼다. 복수전공을 그만둘까도 고민했지만 이왕 시작한 거 죽이 되든 밥이 되든 졸업은 하기로 결심했다. 다행히 컴퓨터공학 학부 전공 과목 중 가장 중요한 과목으로 꼽히는 자료 구조, 알고리즘, 컴퓨터 구조, 운영체제는 포기하지 않고 들었다. 문과생이지만 나처럼 컴퓨터를 전공한 친구들, 피아노 동아리에서 친해진 컴퓨터공학 전공 형, 대필 도우

미 친구들 등 주변 사람들의 도움 덕분에 그나마 졸업 학점
을 채울 수 있었다.

나만의
커리어 찾기

대학 3학년 때부터 슬슬 입사 지원서를 쓰기 시작했다. 당장 취업을 해야겠다는 생각보다는 본격적인 준비 전에 취업 시장을 조금 앞서 경험해보겠다는 의도에 가까웠다. 사실 처음에는 취업보다는 창업을 해보고 싶었다. 교환학생을 다녀온 뒤 좋은 기회가 생겨 아이디에이션 단계의 초기 팀 멤버로 합류해 제품 프로토 타입까지 함께 일해본 적이 있었다. 아무래도 처음 해보는 일이라 제품 기획부터 출시까지의 과정도 잘 몰랐고, 다른 사람들과 협업하기도 어렵게 느껴졌다. 그래서 혹시 나중에 창업을 하더라도 취업부터 해서 일하는 방식을 배워야겠다고 생각했다.

부모님은 내가 공무원 시험을 준비했으면 하고 바라셨다. 안정적인 직장이기도 했지만, 공무원 채용 전형 중 장애인 제한경쟁 전형도 있고 실제로 공무원으로 재직중인 장애인도 적지 않으니 괜찮은 일자리라고 생각하셨다. 하지만 하루에 열두 시간 이상 책상 앞에서 공부만 하는 고3 수험생 때로 다시 돌아가고 싶지 않았다. 그러면 일반 기업 공채에 지원해야 했는데 공무원도 아니고 일반 기업 공채에 나 같은 중증 시각장애인이 지원한 사례는 아는 바가 없었다. 필기 전형, 프레젠테이션 면접 등의 채용 절차에 어떻게 대응해야 할지 미리 알아봐야 했다. 회사 인사 담당자들이 중증 시각장애인 지원자를 어떻게 생각하는지도 미리 확인해봐야 했다.

실제 지원서를 쓰기 전에 내가 어떤 회사에서 어떤 일을 하고 싶은지부터 정해야 했다. 일단 내 스펙부터 정리해봤다. 정치외교학+컴퓨터공학 복수전공, 학점 3.4/4.3, 미국 교환학생 1회, 영어 말하기 시험인 오픽OPIC IH등급, 학생회 사무국원 2회, 스타트업 경험 1회, 기술 해커톤 1회(기획), 정책 공모전 1회, 서울시 여름방학 대학생 아르바이트 1회, 중증 시각장애인 등이었다. 스펙을 기반으로 관심이 가는 커리어, 산업군, 직무를 간단히 적어봤다.

커리어   글로벌 경험 (해외근무 기회 등)

산업군   IT, 문화 콘텐츠, 공공

직무   기획, 인사, 컨설팅, 소프트웨어 개발

미국에서 짧게나마 생활해보니 다른 나라에 가서 또다른 문화와 사회제도 등을 경험해보고 싶었다. 한국인이라 한국이 가장 익숙하고 편하지만 그렇다고 한국에서만 쭉 살아야 하는 건 아니라고 생각했다.

내가 살기 더 좋은 문화를 가진 나라가 어디일지 직접 경험하고 싶었다. 매번 여행을 다닐 수는 없는 노릇이니 해외에서 일할 기회가 있는 회사를 고르는 것이 차선인 듯했다. 해외에 지사가 있는 한국 기업, 한국에 지사를 둔 외국계 기업, 아예 외국에서 근무하는 해외 취업이 첫번째 목표가 됐다.

산업군과 직무는 내가 관심 있는 분야 위주로 선택했다. IT 분야는 사람들의 일상을 바꾸는 기술과 서비스를 직접 만들어서 매력적이었다. 문화 콘텐츠 분야는 여러 사람이 함께 즐기고 서로 끈끈한 커뮤니티를 형성하게 돕는 매개체라는 점에서 궁금했다. 내가 장애인이니 공공 분야에 간다면 우리 사회에 경제적 이익을 가져다주지 않더라도 소수에게는 필요한 그런 공공재적 성격의 서비스를 제공하며 보람차게 일할

수 있을 것 같았다. 그래도 여러 분야 중에서 나 같은 시각장애인들의 삶에 직접적으로 영향을 미치는, 외부에서는 현업에 근무하는 사람들에게 목소리를 전달하기 쉽지 않은, IT 서비스 분야에 직접 들어가고 싶었다.

예를 들어 전 국민이 사용하는 모바일 메신저앱의 업데이트 과정에서 스크린리더 사용이 먹통이 됐다고 해보자. 그러면 그 앱을 사용하는 시각장애인은 메시지를 확인할 수가 없게 된다. 이때 시각장애인 사용자가 회사 또는 개발자에게 의견을 전달하려면 상당한 노력과 시간이 필요했다. 가능하다면 이렇게 소요되는 시간을 바꿔보고 싶었다. 물론 나 혼자서는 대단한 변화를 만들기가 힘들 것이다. 하지만 적어도 나와 같은 회사, 같은 팀에서 일한 사람들이 나중에 시각장애인 사용자에 대해서 한 번쯤 고려하는 계기를 마련한다면 그걸로 충분히 의미가 있다고 믿었다.

직무는 전혀 다른 두 개의 전공을 복수전공했기 때문에 범위를 넓게 잡았다. 회사는 돈을 받고 다니는 조직이므로 내가 좋아하는 일보다는 내가 잘할 수 있는 일을 선택하는 게 맞겠다 싶었다. 하지만 내가 돈을 받을 만큼 잘하는 일이 무엇인지는 아직은 모호했다. 그래서 일단 다양한 직무에 지원해보고 어떤 직무가 나와 더 맞을지부터 알아보기로 했다.

냉혹한 취업 시장,
그래도 나만의 길은 있다

채용공고 사이트를 목록화해 내가 정리한 조건에 맞는 채용공고가 나오면 최대한 많이 지원했다. 그 덕에 1년 동안 국내 공기업부터 독일 현지에서 근무하는 독일의 작은 스타트업까지 다양한 회사의 수시 채용 및 공개 채용 전형을 경험해 봤다. 아쉽게도 최종 합격까지 간 회사는 없었다. 하지만 냉혹한 취업 시장에서 나의 상황을 객관적으로 확인하고 나아갈 방향을 정하는 데 유용한 데이터를 얻을 수 있었다.

일단 국내 대기업이나 공기업보다는 외국계 기업에서 서류 전형 합격이 잘됐다. 필기 전형과 면접 전형 합격률은 소프트웨어 개발 직무가 높았다. 요약하자면 나는 외국계 IT 기업

소프트웨어 개발 직무에 지원하는 것이 유리했다. 다행히 이 결과는 다양한 회사, 다양한 직무의 채용 전형을 진행하면서 내가 느낀 바와 크게 다르지 않았다. 국내 기업보다는 외국계 기업 서류 준비가 쉬웠고 비개발 직무에 일반적으로 요구되는 각종 적성검사(GSAT, SKCT, NCS 등)보다 코딩테스트나 기술 인터뷰를 준비하는 게 좀더 용이했다.

국내 기업보다 외국계 기업의 서류 전형 준비가 쉬웠던 건 대부분의 경우 자기소개서 없이 1페이지 분량의 영문 이력서만 내면 됐기 때문이다. 지원 직무에 따라 이력서 내용이 조금씩 달라지긴 했지만 대부분은 내용이 겹쳐서 지원하기가 쉬웠다. 자기소개서를 쓸 필요가 없으니 내가 장애인이라는 사실도 굳이 서류에 기재할 필요가 없었다.

시험 방식과 준비 과정을 고려할 때 시각장애인인 나에게 비개발 직무에서 보는 적성검사는 상당히 불리하게 느껴졌다. 회사마다 조금씩 다르지만 보통 적성검사는 언어논리, 추론, 공간지각, 자료해석, 수리논리 등의 과목을 다룬다. 직접 풀어보니 문제 자체가 수능처럼 어렵지는 않았지만 짧은 시간 내에 최대한 많은 문제를 풀어야 했다. 시험마다 달랐지만 보통은 20~40초 내외에 한 문제를 풀어야 했다. 그림 없이 텍스트만 있는 문제도 한 글자씩 순서대로 읽어야 하는 점자나 스크린리더의 특성상 한 문제의 지문과 보기를 다 읽는 데만 1분 가까이 걸리는 상황에서 제한 시간 내에 문제를 다 푸는 건 적어도 나에게는 불가능에 가까웠다.

시험 시간도 부족했지만 시험지를 보는 것부터 문제였다. 적성검사를 하려면 시험지를 점자나 워드 문서 파일로 받아야 했다. 워드 문서로 시험지를 제공받는다면 스크린리더 사용이 가능한 컴퓨터로 시험을 볼 수 있어야 했다. 게다가 문제에 그림이 들어가면 그 그림을 설명해줄 사람도 필요했다. 이런 시험 관련 편의 지원은 서류 전형 합격 이후에 요청해야 하는데 보통은 서류 전형 합격자 발표일로부터 1~2주 내에 인적성 시험을 본다는 게 문제였다. 서류 전형 합격자 발표 이후 회사 인사팀에서 장애인 지원자 필기 전형과 관련해 먼저 연락해주면 좋았겠지만 그런 회사는 가뭄에 콩 나기였다. 보통은 내가 먼저 시각장애인을 위한 편의 지원을 해줄 수 있는지 문의했다. 감사하게도 준비를 해주겠다는 회사도 있었지만 일정이 빠듯하다거나 시험장 환경을 바꾸기가 힘들다며 응시를 제한하는 회사도 있었다.

서류 전형에 합격했지만 필기 전형 시험을 볼 때 지원해주지 않는 회사는 재지원하더라도 어차피 똑같은 상황이 반복될 것 같아 아예 명단에서 지웠다. 회사 쪽에서 필요한 지원을 해준다고 해도 문제였다. 불과 일주일 남짓한 기간 안에 비장애인 지원자들과 마찬가지로 그 회사의 적성검사 기출문제집을 대체도서로 제작해서 한번 훑어보기라도 해야 했다. 시간이 부족하니 친구에게 문제집 타이핑을 부탁할 때도 있었는데 그러는 것도 한두 번이지 수많은 회사의 기출문제를 친구에게 매번 부탁할 수도 없는 노릇이었다.

하지만 소프트웨어 개발 직무에서 보는 코딩테스트는 조금 달랐다. 우선 시험 대비 자료를 대부분 인터넷에서 찾을 수 있었다. 백준온라인저지, 프로그래머스, 리트코드LeetCode 등 유명 알고리즘 코딩테스트 문제은행 사이트에서 기출문제도 풀어볼 수 있었다. 이해를 돕기 위해 그림을 사용하는 문제도 있었지만 대부분 스크린리더로도 읽을 수 있게 텍스트로 구성돼 문제를 이해할 수 있었다. 전공 공부를 할 때는 컴퓨터공학 쪽이 정치외교학보다 훨씬 어려웠지만 정작 취업준비를 해보니 접근성 면에서는 개발자 쪽이 훨씬 편했다.

서류 전형 합격 이후 필기 전형(코딩테스트)을 위한 편의 지원 요청도 비개발 직무(적성검사)보다 수월했다. 적성검사와 달리 코딩테스트의 경우에는 모든 응시자가 컴퓨터로 테스트를 진행하기 때문에 점자 문제지 이야기를 꺼낼 필요가 없었다. 스크린리더를 추가로 설치해야 했지만 시험장에서 컴퓨터 사용이 가능해서인지 이걸 문제삼는 인사 담당자는 다행히 없었다. 개발 조직에 가까워서인지 스크린리더에 대해 설명하는 것도 수월하게 느껴졌다. 간단히 TTS 기술 기반의 프로그램이라고만 설명해도 스크린리더를 사용하게 해줬다.

적성검사는 짧은 시간 내에 가능한 한 많은 문제를 풀어야 했지만 코딩테스트의 경우에는 기본적으로 시험 시간도 몇 시간으로 길고 각 문제의 지문도 길지 않아서 준비만 충분히 한다면 시간 내에 해볼 만했다. 간혹 시험 보는 시스템이 스크린리더를 이용할 수 없는 경우가 있었는데 이때는 감독관에게 문제를 읽어달라고 요청하거나 답안 코드를 시스템으로 제출하는 게 아니라 별도의 파일로 제출해도 되는지 등을 문의했다. 그게 불가능하다면 그냥 깔끔하게 시험을 포기했다.

이유는 잘 모르겠지만 공채보다는 수시 채용일 때 서류 전형 합격률이 높았다. 나는 시험을 보기 위해 편의 지원을 요청할 일이 잦았기 때문에 인사팀과의 소통이 꽤 중요했는데 수시 채용일 때 소통도 원활했다. 아마도 수시 채용일 때 지원자 수가 적어서 그랬던 것 같다. 해외 근무를 하는 회사에 지원할 때는 채용 전에 비자부터 받아둬야 한다는 점도 배웠다. 이력서에 비자가 필요하다고 적으면 서류 합격조차 쉽지 않았다. 그래서 비자는 개인적으로 발급 가능하다고 표시해뒀더니 그제야 인터뷰 연락이 오기 시작했다.

나만의 길을 찾아가는 과정은 쉽지 않았다. 하지만 앞이 보이지 않는다고 '할 수 있는 것'과 '할 수 없는 것'을 나누지 않고 어떻게 잘할 수 있을지 나만의 방법을 고민했다. 그렇게 조금씩 나의 길을 찾아갔다. 장애가 있고 없고를 떠나 사람마다 각기 다른 것처럼 각기 다른 방법으로 길을 찾으면 된다. 일단 시작부터 해보자.

에필로그

맹학교를 졸업한 지는 만으로 8년이 넘었고, 대학교를 졸업하고 회사에 다닌 지는 벌써 만으로 2년이 넘었다. 사회생활을 시작한 이래로 지금까지 시각장애인 자녀를 둔 학부모님들이나 비장애인으로서 잘 살다가 중도에 시각장애인이 된 분에게 종종 연락을 받는다. 내용은 대개 비슷하다. 학부모님들은 당신들의 자녀가 앞으로 어떻게 살아가야 할지를 걱정하고, 갑작스럽게 시각장애인이 된 사람들은 본인의 앞날을 걱정한다. 생각보다 그런 사람들이 많다. 누구나 자신의 의사와는 상관없이 갑자기 장애인이 될 수 있기 때문이다.

과거에 비해 장애인에 대한 우리 사회의 인식이나 대우가 몰라보게 달라졌다. 2000년 이전 한국과 2000년대 한국, 그리고 2010년 이후 한국에서 사회적 차별과 기회의 평등에 기반한 시각장애인들의 삶의 질은 달라졌다. 같은 나라가 맞나 싶을 정도다. 그만큼 한국 사회가 빠르게 변화했다는 의미이기도 하지만 사람들의 인식 또한 함께 발전해왔다는 의미일 것이다. 그럼에도 불구하고 여전히 시각장애인과 비시각장애인은 서로를 잘 모른다. 장애인들은 여전히 비장애인들을 대할 때 자신의 장애가 상대에게 어떻게 비칠지 걱정하고 변명 아닌 변명을 한다. 장애인 부모와 그 주변인은 죄 없는 죄인이 될까 주변의 눈치를 살핀다. 비장애인들은 장애인을 봉사 활동이 아닌 일상에서 접할 기회가 많지 않다. 조금 낯설지 모르겠지만, 시각장애인은 눈이 보이지 않아도 다른 감각을 통해 문화를 소비하고, 정보를 받아들이고, 사람을 대하며 살아갈 수 있다.

일상 속에서도 시각장애인과 비시각장애인이 서로 마주하고 서로의 문화를 자연스럽게 익힐 기회가 많아지면 좋겠다. 그래서 갑자기 장애가 생기더라도 장애 때문에 자기 삶을 포기하는 사람이 없기를, 우리 사회가 장애를 이유로 삶의 기회를 제한하지 않기를 바란다. 그리고 미래 사회는 당연히 그렇게 될 것이라고 믿는다. 중증 시각장애인 학생이 또래 비장애인 학생들과 지역 초등학교나 중학교에서 공부하는 사례가 늘어가고 그에 따라 통합교육을 위한 논의도 활발해지고 있다. 우리는 지금까지 잘해왔고 앞으로도 잘할 것이다. 결국 우리 사회는 모두 함께 어우러져 살아가는 세상이니 말이다.

책을 쓰는 동안 지난 일을 돌아보면서 나라는 사람에 대해 좀더 고민해보고 나 자신을 이해하는 시간도 가질 수 있었다. 반복되는 일상과 사회생활에 익숙해져 예전보다는 덜 진취적이고 덜 도전적으로 살았던 것 같다. 하지만 이 책을 쓰면서 오늘보다 내일이 더 기대되는, 가슴 뛰는 삶을 살아봐야겠다고 다시 한번 다짐하게 됐다.

그런 의미에서 2024년 9월부터 한국의 일상을 잠시 뒤로 하고 미국 실리콘밸리에서 살아보기로 결정했다. 교환학생 때와 달리 학생이 아닌 직업인으로서의 생활인데다 처음 살아보는 지역이라서 걱정도 많이 된다. 하지만 가슴이 설렌다. 세상을 향한 나의 도전은 앞으로도 계속될 것이다.

감사의 말

2022년 2월, 마침내 학사학위를 받았다. 초등학교 입학부터 대학 졸업까지 무려 18년이 걸렸다. 인복이 있는 건지 이 날이 오기까지 참 많은 분께 도움을 받았다. 지금의 내가 있기까지 주변에서 함께해준 모든 분들께 고맙다는 인사를 전하고 싶다.

특히, 대학 입학부터 졸업할 때까지 행정적으로 지원해준 정연희 부장님, 미국 교환학생 장학금 정보를 알려주신 최숙정 보좌관님, 취준생 시절 코칭은 물론이고 꾸준한 지지를 보내주신 남승미 과장님과 설님, 인턴 시절 아무것도 모르던 내가 회사에 적응할 수 있도록 쓴소리와 도움을 아끼지 않았던 김홍석 박사님, 김지웅 박사님, 박현철 박사님. 이분들 덕에 지금처럼 성장할 수 있었다.

열악한 환경에서 내가 컴퓨터공학 전공을 마칠 수 있도록 같이 공부하고 도와준 태우, 정원이 형, 지수, 벼리, 윤아, 새내기부터 함께 대학 생활 추억을 쌓아온 진훈, 교한, 광훈, 동찬, 웅근, 한빛 등 서강대학교 사회과학부 차돌 친구들에게도 고맙다는 말을 전하고 싶다. 이 친구들이 없었다면 대학 졸업은 커녕 제대로 된 대학 생활도 어려웠을 거라고 확신한다. 일일이 이름은 나열하지 못하지만 학창 시절 같이 웃고 울고 화내고 아낌없이 도움의 손길을 내밀어준 모든 친구들을 잊지 못할 것이다.

무엇보다도 내 이야기를 책으로 써볼 기회를 준 문학동네에 감사드린다. 처음 써보는 책이기도 하고, 아직 나이도 많지 않은 내가 감히 무슨 이야기를 할 수 있을까 걱정도 많이 했다. 하지만 드라마 〈이상한 변호사 우영우〉나 장애인으로서의 생활을 소개하는 여러 유튜버들의 영상처럼 장애를 소재로 한 콘텐츠가 쏟아져나오는 시대에 시각장애인으로서 어떻게 살아가고 있는지 알리면 좋겠다는 바람으로 한 자 한 자 적어 내려갔다. 결국 대부분의 청년 세대가 공유할 진학, 대학생활, 취업 등 사회초년생으로서의 굵직한 과정을 나의 이야기를 통해 들려주고 싶었다. 물론 내가 한국 시각장애인 청년을 대표할 수 없고, 내 이야기를 일반화해서도 안 될 것이다. 내 글이 한 개인의 이야기로 이 책을 읽는 분들께 가닿으면 좋겠다.

나는 ── 꿈을 ── 코딩 ── 합니다 ──

초판 인쇄 2024년 8월 29일
초판 발행 2024년 9월 10일

지은이 서인호
책임편집 임혜지 **편집** 이희연 고아라
디자인 이보람 **저작권** 박지영 형소진 최은진 오서영
마케팅 정민호 서지화 한민아 이민경 왕지경 정경주 김수인 김혜연 김하연 김예진
브랜딩 함유지 함근아 박민재 김희숙 이송이 박다솔 조다현 정승민 배진성
제작 강신은 김동욱 이순호 **제작처** 한영문화사

펴낸곳 (주)문학동네 **펴낸이** 김소영
출판등록 1993년 10월 22일 제2003-000045호
주소 10881 경기도 파주시 회동길 210
전자우편 editor@munhak.com **대표전화** 031)955-8888 **팩스** 031)955-8855
문의전화 031)955-3579(마케팅) 031)955-2672(편집)
문학동네카페 http://cafe.naver.com/mhdn
인스타그램 @munhakdongne **트위터** @munhakdongne
북클럽문학동네 http://bookclubmunhak.com

ISBN 979-11-416-0743-2 03810

www.munhak.com